JN289343

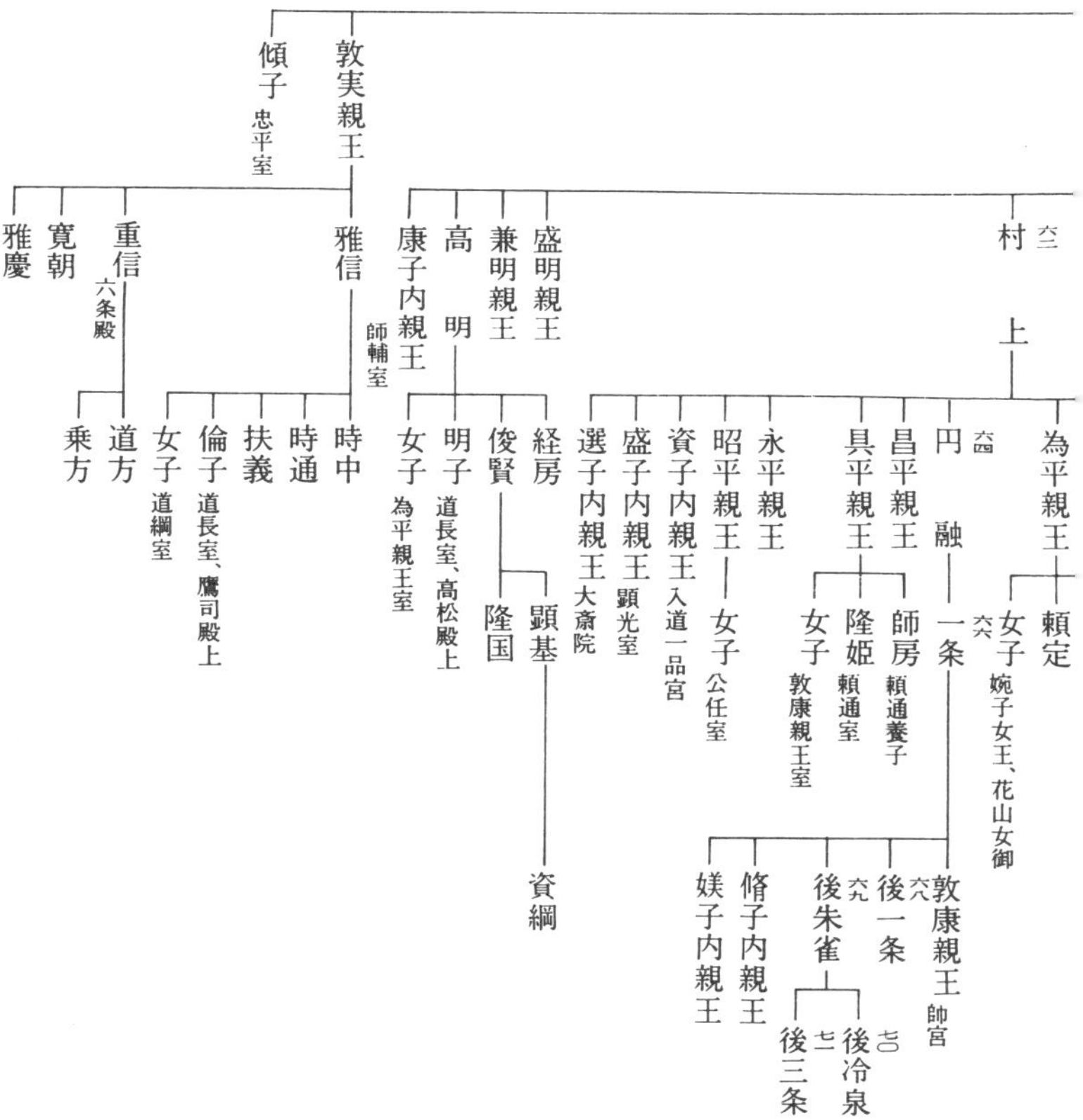

村上 六二
為平親王
頼定
女子 婉子女王、花山女御
円融 六四
一条 六六
敦康親王 帥宮
後一条 六八
後朱雀 六九
後冷泉 七〇
後三条 七一
脩子内親王
媄子内親王
昌平親王
具平親王
師房 頼通養子
隆姫 頼通室
女子 敦康親王室
永平親王
昭平親王
女子 公任室
資子内親王 入道一品宮
盛子内親王 顕光室
選子内親王 大斎院
盛明親王
兼明親王
高明
経房
俊賢
顕基
資綱
隆国
明子 道長室、高松殿上
女子 為平親王室
康子内親王 師輔室
敦実親王
雅信
時中
時通
扶義
倫子 道長室、鷹司殿上
女子 道綱室
重信 六条殿
道方
乗方
寛朝
雅慶
傾子 忠平室

大鏡抄

松尾聰校註

笠間書院刊

解説

大鏡は第五十三代文徳天皇の御代（嘉祥三年〔八五〇〕〜天安元年〔八五七〕）から第六十八代後一条天皇の万寿二年（一〇二五）まで、十四代百七十六年の間の歴史を物語風に書きつづったものである。その叙述に作者の虚構・創意が若干加わっているから、純粋の史書ではない。明治以後、栄花物語などと共に「歴史物語」という名で、「史書」とも虚構の「物語」とも区別されて分類されている所以（ゆえん）である。形式の上では、史記（前漢の司馬遷の著。黄帝から前漢の武帝までの歴史を記す）の紀伝体を借りて、「帝紀」「列伝」に分け、「帝紀」では、文徳・清和・陽成・光孝・宇多・醍醐・朱雀・村上・冷泉・円融・花山・一条・三条・後一条の御代について、その父母・誕生・立太子・元服・即位在位年数、およびいくらかの挿話などを記しているが、作者の意図は、それらの帝の外戚を明らかにすることにあったと見るべく、従ってその叙述は簡略である。「列伝」は冬嗣・良房・良相・長良・基経・時平・仲平・忠平・実頼・頼忠・師尹・師輔・伊尹・兼通・為光・公季・兼家・道隆・道兼・道長の二十人の伝を立てているが、本書の目的が、「ただ今の入道殿下（道長）の御ありさまの、よにすぐれておはしますことを」叙べようとすることにあり、その結果として「いとことおほくなりて、あまたの帝王・后、又大臣・公卿の御うへをつゞ」けたのであるから、当然、道長から遠い時代の人々のは簡であり、道長に近い時代の人々のはくわしく、道長のは、もっとも精細である。なお巻頭には「序」をおき、巻末には道長の伝に含めて、藤氏の物語と昔物語を加えている。「序」では、この物語の作者が雲林院の菩提講にでかけたところ、説経のはじまるまでの時間を、そこに居合わせた二人の高齢な老人が昔物語をして、まわりの人々に聞かせることになり、それに三十歳ばかりの若侍が加わってことばを挿んでゆく、それを作者が聞き書にしたのが本書である、ということを述べている。これは、もとより仮構のことであるが、その二人の老人とは、一人は貞信公藤原忠平の小舎人童をしていた夏山重木（繁樹）で百八十歳ばかり、もう一人は光孝天皇の后班子女王の召使いであった大宅世次（世継）で百九十歳ばかり。大宅世次（公の歴史の意を寓している）が主として話し、重木や重木の妻や若侍は合いづちをうったり、意見や批評を加えたりする、という形式は、一種の戯曲形式で、仏教経典のそれに学んだものといわれるが、事件の裏面を暴露させて、話を立体的にすすめてゆく上に、よい効果をあげている。

本書の成立は、後一条紀に「今年は万寿二年乙丑の歳」とあるので、古くは、万寿二年（一〇二五）のように考えられて来たが、三条天皇の一品宮禎子内親王の将来が上東門院の如くであることを予言しているのは、治暦五年（一〇六九）二月内親王が陽明門院を称した事実を知っての上での叙述であり、又、具平親王の第三子源師房がまだ官位低く、将来も定めがたいのに、道長が女婿として迎えたことを「こころえぬことゝ世人申ししかど、入道殿おぼしおきてさせ給ふやうありけむ」と書いて、道長の常人とはちがう先見を述べているのも、実は師房が延久元年（一〇六九）八月右大臣に昇進したことを知っての事だと推測される（その他にも、この種の事がらはいくつか指摘される）ことなどから、現在では、少なくともそれらの事実が過去になった時以後であり、一方、本書が今鏡とは異なり、源氏の列伝を立てていないことから考えて、源氏が政治的勢力を確立する以前、大体、白河上皇の院政開始の応徳三年（一〇八六）の前後あたりに目標をおくべきかといわれている。

万寿二年作を装ったわけは、この年が道長栄華の極盛期であり、以後は、この年七月に娘の小一条院女御寛子、八月に同じく娘の東宮妃嬉子が死ぬというような不幸な事件を皮切りに、いろいろと不如意なことが加わって来たので、この年でうち切ることが、物語として効果的であるからであったと思われる。

作者は古くは藤原為業説、藤原能信説などがあったが、近代になってからは、作中に、「この（道長）きたのまんどころの二人ながら源氏におはしませば、すゑのよの源氏のさかえ給ふべきとさだめ申すなり」ということばがあったり、又、作中に源俊賢（道長夫人明子の兄弟）などがやや不必要に顔を出していることなどから推測して、源氏の中に求めようとする考えが有力となり、源道方・源経信・源俊明・源雅定など十指に垂(なんな)んとする人々の名があげられているけれど、なおいずれもきめてとなるものに欠けていて、軽々には従えない。私としては、むしろ、藤原氏の現在の衰運をくちおしいと思う一族の人が、善悪両面を併せ持って強烈な実行力を発揮した大政治家道長を、現在の廟堂に立つ藤原氏の「理想像」としてえがきあげて、ひそかにわれら一族の奮起を念願したものとみる方が、すなおなのではないか、源氏の栄光が予言されたり、源氏が作中に顔を出していたりすることは、道長の二人の夫人がそれぞれ源高明、源雅信のむすめなのであるから、べつに不思議はない、と思うのであるが、所詮は、これも一説に過ぎないであろうか。

大鏡という書名は作者が付けたものか、後の人が加えたものか、明らかでないが、平安末期をさかのぼる頃にすでに行なわれていた証拠はある。

本書の底本である名古屋市東松氏御蔵本は大鏡の伝本のうち最古の完本であり、近年田山方南氏によって発見せられた。書写年代は文永（一二六四～一二七五）前後かといわれる。大鏡は史書とみなされた関係から、後人によって記事の増補がいろいろ行なわれて、末流の流布本では、特にその傾向がいちじるしいが、東松氏本では、その増補はまだきわめて僅かであったろうと推測されている。従って、原形のおもかげを、もっともしのぶことのできる本文というべきである。

凡例

一　本書は高等学校・短期大学・大学一般教育課程などの講読用ならびに演習用教科書として編纂した。

一　本書は大鏡の全本文の六割余を抄出した。抄出は、できるだけ重要な部分・興味のある部分について、これをおこなった。

一　本書の本文は、松村博司博士校註の岩波文庫所収本（東松本）を使用させていただいた。ただし教科書として簡便を要することなどのため、次の変改をおこなってある。

1　文庫本は、東松本における巻頭その他の僅かの朽損の部分を平松本で補い、それを枠でかこんでいるが、本書では、ことわらずにそのまま本文とした。

2　東松本には見せ消ち（本文の字句に斜線を加えて抹消の意を示したもの）および補入（本文に補い入れるべき字句を、本文の字間に。符をほどこして、その右傍に細書したもの）が施されているが、文庫本はその見せ消ちおよび補入の部分の字句をいずれも括弧を加えて本行に組入れている。本書では、そのうちの補入の部分の字句だけを括弧に入れて、見せ消ちされた部分の字句はそのまま本文に生かした。見せ消ちの部分の字句は、本来東松本本文にあって然るべき字句と判断してよさそうだからである。補入の部分の字句は、おおむねは採らないでよさそうであるが、捨てて本文に意不通をきたすことがあるのは、教科書としては必ずしものぞましくないとの見地から、括弧に入れて、仮りにすべてをそのままにのこしたのである。

3　文庫本は東松本の字遣いをそのままに活字に移す方針に従っているが、本書は教科書としての性質上、歴史的仮名遣いに改め、現行の送仮名を用い、反覆記号「ゝ・ゞ・〱」などを用いた字句のうち現行の表記の習慣に従って文字を当て変えるべきものについては、適宜そのような操作をした。漢字・仮名は原則としてそのままにしたが、意味を考えて、現在見なれない当て字・古字などについては、例えば「安内」は「案内」に、「卌」は「四十」に、「物」は「者」に、「聞覧」は「聞くらん」に改めた。

一　頭註は簡略を旨としたが、本文の解釈に疑問がある箇所などについては、なるべくくわしく触れるようにした。また特に文法的に注意すべき箇所については、説明を加えておいた。語意の今日なお不確かであるものについては、できるだけ断定をさけて、「……の意という。……の意といわれる。」などとしるして、他と区別した。

目次

一　序　——大宅世次の話——

さいつころ雲林院(うりんゐん)[1]の菩提講[2]にまうでゝ侍りしかば、例人(れいひと)よりはこよな[3]うとしおい、うたてげなるおきな二人、おうなといきあひて、おなじところにゐぬめり。あはれにおなじやうなる物のさまかなとみ侍りしに、これらうちわらひ、みかはしていふやう、『としごろ、「むかしの人にたいめして、いかでよの中の見きく事をもきこえあはせむ、このたゞいまの入道殿下[4]の御ありさまをも申しあはせばや」とおもふに、あはれにうれしくもあひ申したるかな。今ぞこゝろやすくよみぢもまかるべき。お[5]ぼしきこといはぬは、げに[6]ぞはらふくるゝ心ちしける。かゝればこそ、むかしの人は、ものいはまほしくなれば、あなをほりてはいひいれ侍りけめと、おぼえ侍り。返々(かへすがへす)うれしくたいめしたるかな。さても、いくつにかなりたまひぬる』といへば、いまひとりのおきな、『いくつといふ事、さらにおぼえ侍らず。たゞし、おのれは、故[7]太政のおとゞ貞信公、

(1) 京都市北区紫野にあった寺。
(2) 極楽往生して仏果を得るために法華経を講説する法会。
(3) 格段に。
(4) 藤原道長。長和五年、内覧の宣旨から摂政となり、翌年摂政を子の頼通にゆずって、その翌々年出家した。中古では摂政・関白をも世人は殿下とよんだ。
(5) 「おぼほしき」の約かという。心に鬱屈(ウックツ)していること。
(6) なるほど・いかにも。
(7) 藤原忠平。貞信公はおくり名。

[1]蔵人の少将と申ししをりの[2]ことねりわらは、おほいぬまろぞかし。[3]主（ぬし）は、その御時の[4]母后の宮の御方のめしつかひ、高名（かうみやう）の[5]大宅世次（おほやけのよつぎ）とぞいひ侍りしかしな。されば、主のみとしは、おのれにはこよなくまさりたまへらんかし。みづからがこわらはにてありしとき、ぬしは廿五六ばかりのをのこにてこそはいませしか』といふめれば、世次、『しかしか、さはべりし事也。さても、ぬしのみなはいかにぞや』といふめれば、『太政大臣殿にて元服つかまつりし時、「[6]きむぢが姓（しやう）はなにぞ」とおほせられしかば、「夏山となん申す」と申ししを、やがて[7]重木（しげき）となんつけさせたまへりし』などいふに、いと[8]あさましうなりぬ。たれもすこし[9]よろしきものどもは、[10]みおこせ、[11]ゐよりなどしけり。年三十ばかりなる[12]さぶらひめきたるものの、せちにちかくよりて、『いで、いと興あることいふ老者たちかな。さらにこそ信ぜられね』といへば、おきな二人みかはしてあざわらふ。しげきとなのるがかたざまにみやりて、『「いくつといふこと、おぼえず」といふめり。この[13]おきなどもはおぼえ[14]たぶや』ととへば、『さらにもあらず。一百九十歳にぞ、ことしはなり侍りぬる。されば、し

(1) 蔵人で近衛少将を兼ねた者。
(2) 小舎人童。近衛中将・少将などの召使った小童。大犬丸は重木の童名。
(3) 二人称代名詞。
(4) 宇多天皇の母后。光孝天皇の皇后。班子（ハンシ）女王。
(5) この物語の話し手の中心になる男の名。「公の歴史」の意をあらわす。「世次」は普通「世継」としるす。
(6) 二人称代名詞。
(7) 普通「繁樹」としるす。
(8) 事の意外にあきれる。
(9) 「よろしき」は、「ちょうど適当な」の意から、標準並みの・まあよい・相当な、の意となる。
(10) はなれた所からこちらを見ること。
(11) すわったままでよってくること。
(12) 滝口・北面・帯刀および親王、摂関、大臣以下の家人。
(13) 世継をさす。「ども」は、一人をさすのだが、「こちらのおじいさんがたは」といったふうに複数でいったものか。
(14) たまふ。

げきは百八十におよびてこそさぶらふらめど、[1]やさしく申すなり。おのれは、[2]水尾（みづのを）のみかどのおりおはしますとしの正月のもちの日うまれて侍れば、[3]十三代にあひたてまつりて侍るなり。けしうはさぶらはぬとしなりな。まことと人おぼさじ。されど、父が[4]なま学生につかはれたいまつりて、[5]「下臈なれどもみやこほとり」といふ事なれば、[6]みづからを[7]みたまひて、うぶぎぬにかきおきて侍りける、いまだはべり。[8]丙申（ひのえさる）の年に侍り』といふも、げにときこゆ。いまひとりに、『[9]猶（なほ）わおきなの年こそきかまほしけれ。むまれけんとしは、しりたりや。それにていとやすくかずへてん』といふめれば、『これはまことのおやにもそひ侍らず、他人（ことひと）のもとにやしなはれて、十二三まで侍りしかば、はかばかしくも申さず。たゞ、「我は子うむ[10]わきもしらざりしに、主の御つかひにいちへまかりしに、又わたくしにも銭十貫（ぜにとをつら）をもちて侍りけるに、にくげもなきちごをいだきたる女の、『これ人にはなたんとなんおもふ。子を十人までうみて、[11]これは四十（よそ）たりの子にて、いとゞ[12]五月にさへむまれて[13]むつかしきなり』といひはべりければ、このもちたる銭にかへてきにしなり。『姓はなに

(1)「やさし」は、「やす」（やせる）の形容詞といわれる。身がやせるような感じだ→はずかしい・つつましい感じだ。
(2) 清和天皇御譲位の年。貞観十八年。
(3) 清和・陽成・光孝・宇多・醍醐・朱雀・村上・冷泉・円融・花山・一条・三条・後一条。
(4) 大学寮の年若く世馴れない学生。職員令に「学生四百人」とある。
(5) 当時の諺であろう。
(6)「みづから」は「自」を仮名がきにしたもので、「自」は「目」の誤写であろうといわれる。
(7)「みたまへて」の誤写といわれる。「たまへ」は下二段活用の「たまふ」（自卑の意をあらわす）の連用形。「目をみたまへて」は「よみかきができまして」の意。
(8) 貞観十八年。
(9)「わ」は名詞・代名詞につけて二人称代名詞をつくる接頭語。
(10) 分別。
(11)「たり」は「足」で充足・満足の意。祝福のきもちをあらわすという。「四十たりの子」は、近世の俗にいう「四十二の二つ子」（四十一歳のときに生まれた子は翌年二歳になると、親は四十二歳で、合わせて四十四となり、その数は死に通じてきらわれる）をいうといわれるが、たしかでない。「これはし（しハ強メノ助詞）十たりの子にて（十人目ノ子デノ意トミナス）」と解く説の方がむしろ穏当か。
(12) 五月子を忌むことは中国古代以降の風習である。
(13) わずらわしい。

とかいふとゝひ侍りければ、『夏山[1]』とはましける」。さて、十三にてぞ[2]おほき太殿にはまゐり侍りし」などいひて[3]。『さても[4]、うれしくたいめしたるかな。ほとけの御しるしなめり。としごろ、こゝかしこの説経とのゝしれど、なにかはとてまゐらず侍り。かしこくおもひたちてまゐり侍りにけるがうれしき事』とて、『そこにおはするは、そのをりの女人[5]に[6]やみでますらん』といふめれば、しげきがいらへ、『いで、さも侍らず。それははやうせ侍りにしかば、これはそののちあひそひてはべるわらべ[7]なり。さて、[8]閤下（かふか）はいかゞ』といふめれば、世次がいらへ、『それは、侍りし時のなり。けふもろともにまゐらむといでたち侍りつれど、わら[9]はやみをして、あたりびに侍りつれば、くちをしくえまゐり侍らずなりぬる』と、あはれにいひかたらひてなくめれど、[10]なみだおつともみえず。かくて講師まつほどに、我もひともひさしくつれ〴〵なるに、このおきなどものいふやう、『いで、さう〴〵しきに、いざたまへ。むかしものがたりして、この[11]おはさふ人々に、「さは、いにしへは、よはかくこそ侍りけれ」ときかせたてまつらん』といふめれば、いまひとり、『しか

(1)その女は「夏山だ」と申しました。「まし」は「まうし」の約。
(2)太政大臣。忠平。「太殿」は「大殿」とかくのが普通である。オホトノ・オホイドノ・オトドの三つのよみ方がある。
(3)下文とのつながりがわるいので、「いひて」で句点をうち、省略があるものとする説に従ったが、なお疑問はのこる。
(4)世次のことば。
(5)底本「ヲナ」とよみ仮名をふっているが、「にようにん」又は「によにん」とよむのが普通であろう。
(6)「御出座」で「いらつしやる」の意といわれる。
(7)「妻」の謙称。
(8)第二人称。尊称。
(9)おこり。マラリヤ熱にあたるという。
(10)栄華物語に小一条院女御寛子の臨終をえがいて「泣かせ給へるさまなれど、御涙もいでさせ給はず」とあるから、泣いても涙の出てこないのは、すでにこの世の人でないしるしだとして、ここも、翁たちがこの世の常の人でないことを暗に知らしているのだとする説がある。
(11)「おはし合ふ」の約で、「複数の人がいらつしやる」の意。

〱、いと興あることなり。いで[1]おぼえたまへ。とき〲、さるべきことのさしいらへ、しげきもうちおぼえ侍らんかし』といひて、いはんいはんとおもへる気色ども、いつしかきかまほしくおくゆかしき心ちするに、そこらの人おほかりしかど、ものはか〲しくみゝとゞむるもあらめど、人めにあらはれてこのさぶらひぞ、よくきかむと[2]あどうつめりし。よつぎがいふ様、『よはいかにきようあるものぞや。さりともおきなこそ少々のことはおぼえ侍らめ。むかしさかしきみかどの御まつりごとのをりは、「国のうちにとしおいたるおきな・女[3]やある」とめしたづねて、いにしへのおきてのありさまをとはせ給ひてこそ、奏することをきこしめしあはせて、世のまつり事はおこなはせ給ひけれ。されば、おいたるは、いとかしこきものに侍り。わかき人たち、なあなづりそ』とて、[4]くろがへのほね九あるに黄なる紙はりたるあふぎをさしかくして、気色だちわらふほども、さすがにをかし。

『まめやかに世次が申さんと思ふことは、こと〲かは。たゞいまの入道殿下の御ありさまの、よにすぐれておはしますことを、道俗男女の[5]お

(1)「おぼゆ」は「おもほゆ」(「おもはる」の古語)の約。自然あたまにうかんでくる。思い出す。

(2)あいづちをうつ。

(3)「おうな」とあるべきもの。誤写であろう。

(4)「くろがい」(黒柹)の誤写であろうという。

(5)中古で「おん(御)」が「お」としるされるのはマ行のことばにつゞくときだけである。(おまへ・おもの・おもと、など)

(1)妙法蓮華経の略。八巻二十八品。一部はその全体。
(2)法華経以外の経典。
(3)法華経信解品のたとえによる。天台宗で釈迦一代五十年間の説教を、華厳時・阿含時・方等時・般若時・法華涅槃時の五時に区分したもの。
(4)「あンなれ」とよむ。この「なり」は終止形(ラ変は中古では連体形に添うといわれるが、連体形に添った実例は、文献として新しい写本にのみ見え、たしかではない。)に添う伝聞・推定の助動詞。

まへにて申さんとおもふが、いとことおほくなりて、あまたの帝王・后、又大臣・公卿(くぎやう)の御うへをつゞくべきなり。そのなかにさいはひ人におはしますこの御ありさま申さむとおもふほどに、世の中のことのかくれなくあらはるべき也。つてにうけたまはれば、法[1]華経一部をときたてまつらんとてこそ、まづ余[2]教をばときたまひけれ。それをなづけて五[3]時教とはいふにこそはあ[4]なれ。しかのごとくに、入道殿の御さかえを申さんとおもふほどに、余教のとかるゝといひつべし』などいふも、わざ〳〵しくこと〳〵しくきこゆれど、『いでや、さりとも、なにばかりのことをか』とおもふに、いみじうこそいひつゞけ侍りしか。『「世間(よのなか)の、摂政・関白と申し、大臣・公卿ときこゆる、いにしへいまの、みなこの入道殿の御ありさまのやうにこそはおはしますらめ」とぞ、いまやうのちごどもはおもふらんかし。されども、それさもあらぬことなり。いひもていけば、おなじたね、ひとつすぢにぞおはしあれど、かどわかれぬれば、人々の御こゝろもちゐも又、それにしたがひてこと〴〵になりぬ。このよはじまりてのち、みかどは、まづ神の世七代をおきたてまつりて、神武天皇をはじめたてまつりて、当代まで六十八代にぞならせ給ひにける。すべからくは神武天皇をはじめたてまつりて、つぎ〳〵のみかどの御次第をおぼえ申すべきなり。しかりといへども、それはいときゝみゝとほければ、たゞちかきほどより申さんと思ふに侍り。文徳天皇と申すみかどおはしましき。そのみかどよりこなた、いまのみかどまで、十四代にぞならせたまひにける。よをかぞへ侍れば、そのみかどくらゐにつかせ給ふ嘉祥三年庚午(かのえうま)の年より、ことしまでは、[1]一百七十六年ばかりにやなりぬらん。[2]かけまくもかしこき君の御名を申すは、かたじけなくさぶらへども』とて、いひつゞけはべりし。

(1)万寿二年。嘉祥三年庚午は西暦八五〇年故、百七十六年になる。
(2)なってしまっているでしょう(「なつたでしよう」と訳すとあたらないことがあるから注意せよ。)

二　帝紀　——五十五代——

一　五十五代（文徳天皇）

『文徳天皇と申しけるみかどは、仁明天皇御第一の皇子也。御母、太皇太后宮藤原順子と申しき。その后、左大臣贈正一位太政大臣冬嗣のおとゞの御女なり。このみかど、天長四年丁未八月にむまれ給ひて、御こゝろあきらかに、よく人をしろしめせり。承和九年壬戌二月廿六日に御元服。同八月四日、東宮にたちたまふ、御年十六。嘉祥三年庚午三月廿一日、くらゐにつき給ふ、御年廿四。さて世をたもたせたまふ事、八年。御母后の御年十九にてぞ、この御かどをうみたてまつり給ふ。嘉祥三年四月に、きさいにたゝせ給ふ、御年四十二。斉衡元年甲戌のとし、皇后[1]宮にあがりゐ給ふ。貞観三年辛巳二月廿九日癸酉、御出家して、灌頂[2]などせさせたまへり。同六年丙申正月七日、皇大后[3]にあがりゐ給ふ。これを五条后と申す。伊勢語に業平中将の、「[4]よひ〳〵ごとにうちもねな

(1)皇太后になられたことをいう。
(2)香水を頭上にそゝぐ。
(3)「大」は「太」に同じ。太皇太后になられたことをいう。
(4)人しれぬわが通ひ路の関守はよひよひごとにうちもねななむ

ゝん」とよみたまひけるは、この宮の御事なり。「春[1]やむかし」のなど
も』

(1)月やあらぬ春や昔の春ならぬわが身一つは
もとの身にして

三　帝紀　——六十五代——

一　六十五代（花山院）

『次帝(1)、花山天皇と申しき。冷泉院第一皇子也。御母、贈皇后宮懐子と申す。太政大臣伊尹のおとゞの第一御女なり。このみかど、安和元年戊辰十月廿六日丙子、母かたの御おほぢの一条の家にてむまれさせ給ふとあるは、世尊寺(2)のことにや。そのひは、冷泉院御時の大嘗会(3)御禊あり。同二年八月十三日、春宮にたち給ふ。御年二歳。天元五年二月十九日、御元服、御とし十五。永観二年八月廿八日、位につかせたまふ。御とし十七。寛和二年丙戌六月廿二日の夜、あさましく(4)さぶらひしことは、人にもしらせさせ給はで、みそかに花山寺(5)におはしまして、御出家入道せさせたまへりしこそ。御年十九。よをたもたせ給ふ事、二年。そののち廿二年おはしましき。あはれなることは、おりおはしましけるよは、ふぢつぼのうへの御つぼねの小戸(6)よりいでさせたまひけるに、ありあけの月

(1) 円融天皇の次のみかど。
(2) 一条の北・大宮の西。伊尹の邸。のちに寺となり、世尊寺という。
(3) 即位の後大嘗会をおこなう前、十月下旬賀茂川で禊をされる儀式。
(4) 意外でございましたことは。
(5) 京都市東山区山科花山にある元慶寺がそれにあたるという。
(6) 清涼殿の夜の御殿から藤壺の上の御局へ通ずる妻戸。

のいみじくあかかりければ」「顕証（けんしよう）にこそありけれ。いかゞすべからん」とおほせられけるを、「さりとて、とまらせたまふべきやう侍らず。神（しん）[1]璽（じ）・宝剣（ほうけん）わたり給ひぬるには」と、あはたどの[2]ゝさわがし申し給ひけるは、まだ御かどいでさせおはしまさざりけるさきに、てづからとりて、春宮の御かたにわたしたてまつり給ひてければ、かへりいらせ給はんことはあるまじくおぼして、しか申させたまひけるとぞ。さやけきかげをまばゆくおぼしめしつるほどに、月のかほにむら雲のかゝりて、すこしくらがりゆきければ、「我出家は成就するなりけり」とおぼされて、あゆみいでさせたまふほどに、弘徽殿[3]の御文の、日比（ひごろ）やり[4]のこして御めもえはなたず御らんじけるをおぼし出でて、「しばし」とて、とりにいらせおはしましゝかし。あはた殿の、「いかにおぼしめしならせおはしましぬるぞ。たゞいますぎば、おのづからさはりもいまうできなん」と、そらなきし給ひけるは。

さてみかど[5]よりひんがしざまにゐていだしまゐらせ給ふに、晴明[6]が家のまへをわたらせ給へば、みづからのこゑにて、手をおびたゞしくはた

(1)三種の神器のうちの勾玉（マガタマ）。

(2)道兼。太政大臣兼家の三男。

(3)弘徽殿女御。藤原為光の子忯子。花山院の愛妃。永観二年十月入内、同十一月七日女御となったが、寛和元年七月十八日懐妊中病死。

(4)破り。

(5)「土御門」とする本もある。土御門は一条から南へ三筋目の、東西に通じる路で大内裏の上東門に通ずる。

(6)安倍晴明。陰陽師。天文博士。その家は「土御門ヨリハ北、西ノ洞院ヨリハ東」（今昔、巻二四）にあったという。

〱とうつ(1)なる。「みかどおりさせ給ふとみゆる天変ありつる(2)が、すでになりにけりとみゆるかな。まゐりてそうせん。車に(3)さうぞくせよ」といふこゑをきかせ給ひけん、さりともあはれに(4)おぼしめしけんかし。「(5)かつ〲(6)式神一人、内裏へまゐれ」と申しければ、めにはみえぬものの、戸をおしあけて、御うしろをやみまゐらせけん、「たゞいまこれよりすぎさせおはしますめり」といらへけるとかや。(7)そのつち御かどまちぐちなれば、御道なりけり。

花山寺におはしましつきて、御ぐしおろさせ給ひてのちにぞ、あはた殿は、「まかりいでゝ、おとゞにも、かはらぬすがた今一度みえ、かくと案内申して、かならずまゐり侍らん」と申し給ひければ、「我をばはかるなりけり」とてこそなかせたまひけれ。あはれにかなしきことなりな。ひごろ、よく御弟子にてさぶらはんとちぎりて、すかし申し給ひけんがおそろしさよ。(8)東三条殿は、「もしさることやしたまふ」とあやふさに、さるべくおとなしき人々、なにがしかゞしといふいみじき(9)源氏の武者達をこそ、御おくりにそへられたりけれ。京のほどはかくれて、(10)堤の辺よ

(1)伝聞・推定の「なり」。うつようである。うつ音がきこえる。
(2)この「が」は、主格助詞と解いてよいであろう。
(3)装束せよ。
(4)帝が。
(5)下二段動詞「かつ」（こらえる意）を重ねてできた副詞といわれる。不満足ながら我慢して→十分な処置ではないが、とりあえずの処置として。
(6)シキジンとよむといわれる。識神とも記される。陰陽家が使役する神。
(7)それ（その晴明の家）が土御門の町口だから。町口は京の南北の通路で西洞院と室町との間にある。
(8)兼家。
(9)清和天皇の孫貞純親王の子経基王が、鎮守府将軍となって源姓を賜わり、その子満仲以下、清和源氏と称して武をもって奉仕した。
(10)賀茂川の堤。

りぞうちいでまゐりける。寺などにては、もしおして人などやなしたてまつるとて、一尺許のかたなどもをぬきかけてぞまもり申しける』

四　帝紀　――六十七代――

一　六十七代（三条院）

『次帝、三条院と申す。これ、冷泉院第二皇子也。御母、贈皇后宮超子と申しき。太政大臣兼家のおとゞの第一御女也。このみかどは、貞元元年丙子正月三日むまれさせたまふ。寛和二年七月十六日、東宮にたゝせたまふ。同日、御元服、御とし十一。寛弘八年六月十三日、くらゐにつかせたまふ、御年卅六。よをたもたせ給ふ事、五年。院にならせ給ひて、御目を御らんぜざりしこそ、いといみじかりしか。こと人のみたてまつるには、いさゝかかはらせたまふ事おはしまさゞりければ、そらごとのやうにぞおはしましける。御まなこ(1)などもいときよらかにおはしましける。いかなるをりにか、時々は御らんずる時もありけり。「御簾のあみをのみゆる」などもおほせられて、一品宮(2)のゝぼらせ給ひけるに、弁のめのとの御ともにさぶらふが、さしぐしを左にさゝ(3)れたりければ、「あ(4)

(1) 目な子。ひとみ。
(2) 禎子内親王。母の三条天皇の中宮は道長のむすめ妍子。
(3) 尊敬の「る」が添っているが、主語は弁の乳母であろう。
(4) 乳母へのよびかけのおことばであろうが、意味不詳。

ゆよ、などくしはあしくさしたるぞ」とこそおほせられけれ。このみやをことのほかにかなしうしたてまつらせたまうて、御ぐしのいとをかしげにおはしますをさぐり申させ(1)たまて、「かく(2)うつくしうおはする御ぐしをえみぬこそ、こゝろうくくちをしけれ」とて、ほろ〳〵となかせ給ひけるこそ、あはれに侍れ。(3)わたらせ給ひたるたびには、さるべきものをかならずたてまつらせ給ふ。三条院の(4)御券(ごくゑん)をもてかへりわたらせたまうけるを、入道殿御覧じて、「かしこくおはしける宮かな。をさなき御こゝろに、ふるほぐとおぼしてうちすてさせたまはで、もてわたらせたまへるよ」ときようじ申させ給ひければ、「(5)まさなくもまうさせ給ふかな」とて、御めのとたちはわらひまうさせたまける。(6)冷泉院もたてまつらせ給ひけれど、「むかしより帝王の御領にてのみさぶらふところの、いまさらにわたくしの領になり侍らんは、便(びん)なきことなり。おほやけものにて候ふべきなり」とて、かへしまうさせたまひてけり。されば代々(よよ)の(7)わたり物にて、(8)朱雀院のおなじ事に侍るべきにこそ。この御目のためには、よろづにつくろひおはしましけれど、そのしるしあることもな

(1)「たまうて」の「う」を省いてしるしたもの。
(2)かわいらしく。
(3)一品の宮が。
(4)田地・邸宅・荘園等の所有主を証する手形。
(5)正無し。正しくない状態をいう。
(6)拾芥抄に「冷泉院、大炊御門南・堀川西、嵯峨天皇御宇、此院累代後院、弘仁亭本名冷然院云々、而依火災、改然字為泉」とある。
(7)伝領物。
(8)「朱雀院と同じ事」の意。「の」は「朱雀院」を連体修飾語にして「同じ事」にかける助詞。朱雀院は拾芥抄に「累代後院、或号四条後院、三条北(南歟)・朱雀西四町、四条北・西坊城東」とある。

き、いといみじきことなり。もとより御風(1)おもくおはしますに、医師(くすし)共の、「大小寒(2)の水を御ぐしにいさせ(3)給へ」と申しければ、こほりふたがりたる水をおほくかけさせたまけるに、いといみじくふるひわなゝかせたまて、御いろもたがひおはしましたりけるなむ、いとあはれにかなしく人々みまゐらせけるとぞ、うけ給はりし。御病により、金液丹(きんえきたん)といふくすりをめしたりけるを、「そのくすりくひたる人は、かく目をなんやむ」など人はまし(4)しかど、(5)桓算(くわんざん)供奉(ぐぶ)の、御物(6)のけにあらはれて申しけるは、「御くび(7)にのりゐて、左右のはねをうちおほひまうしたるに、うちはぶ(8)きうごかすをりに、すこし御らんずるなり」とこそいひ侍りけれ。御くらゐさらせたまし事も、おほくは中堂(9)にのぼらせたまはんとなり。さりしかど、のぼらせたまひて、さらに其験(そのしるし)おはしまさゞりしこそ、くちをしかりしか。やがておこたりおはしまさずともすこしのしるしはあるべかりしことよ。されば、いとゞ、山の天狗のしたてまつるとこそ、さまぐ\にきこえ侍れ。大秦(10)(うづまさ)にもこもらせたまへりき。さて仏の御まへより東の庇(11)(ひさし)に、くみれ(12)はせられたるなり。御烏帽子せさせたまひけるは、大

(1) 四時の気が人に当って生ずる病。神経系の慢性的疾患。
(2) 小寒から大寒まで一か月間の寒中の水。
(3) 「いる(沃る)」は、そそぐ意の上一段他動詞。
(4) 申しし。
(5) 「桓算」は僧の名であろうが、伝未詳。供奉は内供奉の略。宮中の内道場に奉仕する僧。
(6) 御物のけとして。
(7) 「くび」は頭とからだとのつなぎの部分。
(8) 羽ぶく。「ふく」は「ふる（振る）」の古語。
(9) 比叡山延暦寺の根本中堂。
(10) 太秦と同じ。京都市右京区にある広隆寺。本薬尊は師如来。
(11) 庇の間。ここでは本尊を安置してある内陣の周囲をさす。
(12) 格天井（ごうてんじょう）。

入道殿にこそにたてまつり給へりけれ。御こゝろばへいと[1]なつかしう、おいらかにおはしまして、よの人いみじう恋ひ申すめり。斎宮[2]くだらせたまふわかれの御くしさゝせたまては、[3]かたみにみかへらせたまはぬことを、「[4]おもひがけぬに、此(この)院はむかせ給へりしに、あやしとはみたてまつりしものを」とこそ、入道殿はおほせらる[5]なれ』

(1)「馴付（ナツ）く」の形容詞。なれしたしみたい感じだ。

(2)斎宮が伊勢へ出発される日、天皇が大極殿で斎宮の額（ヒタイ）に挿される訣別の儀の櫛。

(3)たがいにうしろをふり向きなさらない（はずの）ことを。

(4)目がお悪いから無心にふりかえられたのだが、道長はそうとは知らずにへんだと思ったの意とも、きまりを守られなかった行動を、不吉だと道長が思ったの意とも解かれている。

(5)「なれ」は伝聞・推定の助動詞。

五　帝紀　——六十八代——

一　六十八代（後一条院）

『次帝、当代。一条院の第二皇子也。御母、今の入道殿下の第一御女也。皇太后宮彰子と申す。たゞいまたれかはおぼつかなく[1]おぼし思ふ人のはべらん。されど、[2]まづすべらぎの御事を申すさまにたがへ侍らぬ也。寛弘五年戊申九月十一日、[3]土御門殿にてむまれ(させ)たまふ。同八年六月十三日、春宮にたゝせ給ひき。御年四歳。長和五年正月廿九日、位につかせ給ひき。御とし九歳。寛仁二年正月三日、御元服、御年十一。くらゐにつかせたまて十年にやならせ給ふらん。ことし、[4]万寿二年乙丑とこそは申すめれ。おなじ帝王と申せども、御うしろみおほく、たのもしくおはします。御祖父にて、たゞいまの入道殿下、[5]出家せさせたまへれど、よのおや、一切衆生を一子のごとくはぐゝみおぼしめす。第一の[6]御舅、たゞいまの[7]関白左大臣、一天下をまつりごちておはします。次の御舅、[8]内

(1)「おぼし思ふ」は「お思いになる、あるいは思う」と二つに分けて、身分のある人も庶民も思うの意か。
(2)最初に天皇の御事を申し上げる様式にたがわせないようにお話しするのです。
(3)土御門の南、京極の西にあった道長の邸。
(4)この年、後一条天皇は十八歳、太皇太后宮彰子は三十八歳、道長は六十四歳、頼通は三十四歳。この物語は、この年に成立したように装っているが、他の部分の叙述に後年の事実をふまえているらしいものがいくつかあって当年成立説は否定されている。
(5)寛仁三年三月二十一日、万寿二年から七年前。
(6)母方の叔父。ここは彰子の兄弟。
(7)頼通。
(8)教通。

大臣左近大将にておはします。次々の御舅と申すは、大納言[1]春宮の大夫・中宮権大夫[2]・中納言[3]などさま〴〵にておはします。かやうにおはしませば、御うしろみおほくおはします。むかしもいまも、みかどかしこしと申せど、臣下のあまたしてかたぶけたてまつる時は、かたぶきたまふものなり。されば、たゞ、一天下は我御うしろみのかぎりにておはしませば、いとたのもしくめでたきことなり。むかし一条院[4]の御なやみのをり（おほせられけるは）「一の親王（みこ）[5]をなん春宮とすべけれども、うしろみ申すべき人のなきにより、おもひかけず。されば二宮[6]をばたてたてまつるなり」とおほせられけるぞ、この当代の御ことよ。げにさることぞかし。帝王の御次第は、申さでもありぬべけれど、入道殿下の御栄花もなににによりひらけたまふぞと思へば、先づみかど・后の御ありさまを申すべき也。うゑきは、根をおほしてつくろひおほしたてつればこそ、枝もしげりて、このみをもむすべや。しかればまづ帝王の御つゞきをおぼえて[7]、つぎに大臣のつづきはあかさんと也』といへば、大犬丸をとこ、『いで〳〵、いといみじうめでたしや。こゝらのすべらぎの御ありさまをだに

(1) 頼宗。
(2) 能信。
(3) 長家。
(4) 寛弘八年五月下旬の事。
(5) 敦康親王。御母皇后定子。
(6) 敦成親王。
(7) 思い出してお話しして。「おぼゆ」は元来「おもほゆ（おもはるノ古語）」の約で、「自然に頭に浮かんでくる」意の自動詞であるが、平安末ごろから、他動詞にも用いられるようになったらしい。

鏡をかけたまへるに、まして大臣（だいじん）などの御事は、としごろやみにむかひたるに、あさひのうらゝかにさしいでたるにあへらん心地もする哉（かな）。又、おきながいへのをんなどものもとなる[1]くしげかゞみの、かげみえがたく、[2]とぐわきもしらず、うちはさめておきたるにならひて、あかくみがける鏡にむかひて我身のかほをみるに、かつはかげはづかしく、又いとめづらしきにも[3]みたまへりや。いで興ありのわざや。さらにおきな今十廿年（ととせはたとせ）のいのちはけふのびぬる心ちし侍り』と、いたく[4]ゆげするを、みきく人々、[5]をこがましくをかしけれども、いひつゞくることゞも[6]おろかならず、おそろしければ、ものもいはでみなきゝゐたり。

大犬丸をとこ、『いで、きゝ給ふや。歌一首つくりて侍り』といふめれば、世次、『いと感ある事也』とて、『うけたまはらん』といへば、しげき、いと[7]やさしげにいひいづ。

『あきらけきかゞみにあへばすぎにしもいまゆくすゑのこともみえけり』

といふめれば、世次いたく感じて、あまたゝび誦（ずん）じて、うめきてかへし、

(1) 櫛笥（化粧道具を入れる箱）用の鏡。
(2) 研ごうとする分別も起こさず。
(3) 「に（似）たまへりや」の誤か。「み」は蓬左本「に」。
(4) 遊戯（ユゲ）する。愉快がるの意か。
(5) あほうらしい気がして。
(6) いいかげんなことではなく。
(7) はずかしそうに。つつましそうに。

『すべらぎのあともつぎ〳〵かくれなくあらたにみゆるふるかゞみかも

いまやうのあ[1]ふひやつはながたの鏡、[2]螺鈿(らでん)の筥(はこ)にいれたるにむかひたる心地(こゝち)したまふや。いでや、それは、さきらめけど、くもりやすくぞあるや。いかに、いにしへの古躰の鏡は、かねしろくて、人てふれねど、かくぞあかき』など、したりがほにわらふかほつき、ゐにかゝまほしくみゆ。[3]あやしながら、さすがなるけつきて、をかしく、まことにめづらかになむ。世次、『よしなき事よりは、まめやかなる事を申しはてん。よく〳〵たれもたれもきこしめせ。けふの講師の説法は、菩提のためとおぼし、おきながらがとく事をば、[4]日本紀きくとおぼすばかりぞかし』といへば、僧俗、『げに説経・説法おほくうけたまはれど、かくめづらしき事のたまふ人は、さらにおはせぬなり』とて、年おいたるあま・ほふしども、ひたひにてをあてゝ、信(しん)をなしつゝきゝゐたり。「世次はいとおそろしきおきなに侍り。真実(しんじち)のこゝろおはせむ人は、などかはづかしとおぼさゞらん。世中(よのなか)をみしり、うかべたてゝもちてはべるおきな也。目

(1)「あふひ」は花の五瓣にかたどって五稜鏡、「八花形」は八稜鏡とする説と、「あふひやつはながた」で、八つの花瓣の形が円くて、ほとんど円形に近い鏡をいうとする説がある。

(2)漆器の面に青貝をちりばめて研(と)ぎ出した細工。

(3)「あやし」は形容詞の語幹。

(4)日本書紀または六国史。

(1) 法華経、方便品第二「十方仏土中唯有二一乗法一、無レ二亦無レ三」。
(2) 法華経の異名。
(3) 法文は仏の教えを記した文章（経・論・釈の類）、聖教は仏祖の教え。
(4) 「たとへる」は「たとふる」がなまったのか。
(5) 「涅槃経第十三云、辟如二魚母一多有二胎子一、成熟者少如二菴羅一花多果少」と底本の裏書にある。
(6) マンゴーのことといわれる。
(7) 「ときたまへンなれ」とよむ。「ときたまへるなれ」の音便。「なれ」は伝聞。

にもみ、耳にもきゝあつめて侍るよろづの事のなかに、たゞいまの入道殿下の御ありさま、いにしへをきゝ、いまをみ侍るに、[1]二もなく三もなく、ならびなく、はかりなくおはしまず。たとへば[2]一乗の法のごとし。御ありさまの返々(かへすがへす)もめでたき也。よのなかの太政大臣・摂政・関白と申せど、始終(はじめをはり)めでたき事はえおはしまさぬ事也。[3]法文聖教(しやうげう)の中にも[4]たとへるなるは、「[5]魚子(いをのこ)おほかれど、まことの魚となる事かたし。[6]菴羅(あんら)といふうゐ木あれど、このみをむすぶ事かたし」とこそは[7]ときたまへなれ。天下の大臣・公卿の御なかに、このたからのきみのみこそ、よにめづらかにおはすめれ。いまゆくすゑも、たれの人かかばかりはおはせん。いとありがたくこそ侍れや。たれも心をとなへてきこしめせ。世にある事をば、何事をかみのこし、きゝのこし侍らん。このよつぎが申す事共はしも、しり給はぬ人々おほくおはすらんとなむおもひはべる』といふめれば、『すべてすべて申すべきにもはべらず』とて、きゝあへり。

『世はじまりてのち、大臣みなおはしけり。されど、左大臣・右大臣・内大臣・太政大臣と申す位、天下になりあつまり給へる、かぞへてみなおぼえ侍り。世はじまりてのち、いまにいたるまで、左大臣卅人、右大臣五十七人、内大臣十二人也。太政大臣は、こ(1)のみかどの御よに、たはやすくおかせたまはざりけり。或みかどの御祖父、或御舅ぞなりたまひける。又、如然帝王の御祖父・舅などにて御うしろみし給ふ大臣・納言、かずおほくおはす。うせ給ひてのち贈太政大臣などになりたまへるたぐひ、あまたおはすめり。さやうのたぐひ七人ばかりにやおはすらん。わざとの太政大臣は、なりがたく、すくなくぞおはする。神武天皇より卅七代(2)にあたり給ふ孝徳天皇と申すみかどの御よにや、八省(3)・百官・左右大臣・内大臣なりはじめ給(へ)らん。左大臣には阿倍倉橋麿、右大臣には蘇我山田石川麿、これは元明天皇の御祖父なり。石川丸大臣、孝徳天皇位につきたまての元年乙巳、大臣になり、五年(己酉)、東宮のためにころされたまへりとこそは。これは、あまりあがりたる事也。内大臣(4)には中臣鎌子連也。年号(5)いまだあらざれば、月日申しにくし。又、卅九代にあたり給ふみかど天智天皇こそは、はじめて太政大臣をばなし(6)たまけれ。それは、やが(7)てわが(8)御おとゝの皇子におはします大友皇子な

(1)「古の」誤であろう。底本の「こ」の字は「古」の草体の仮名である。
(2)神功皇后を一代に数えて加えてある。以下同じ。
(3)中務・式部・治部・民部・兵部・刑部・大蔵・宮内の八省。
(4)日本書紀、孝徳天皇大化元年に「以大錦冠授中臣鎌子連、為内臣」とあるから内臣が正しい。
(5)孝徳天皇即位の年の秋初めて大化の年号が制定されている。年号なしというのは誤。
(6)選任なさった。
(7)そのまま。
(8)作者は天智天皇の第二皇子、大友皇子（弘文天皇）を天智天皇の弟の大海人（オオアマ）皇子（天武天皇）と混同しているのである。

り。正月(1)に太政大臣になり、同年十二月廿五日にくらゐにつかせ給ふ。天武天皇と申しき。よ(2)をしらせ給ふこと、十五年。神武天皇より四十一代にあたり給ふ持統天皇、又太政大臣に高市皇子（たけちの）をなし給ふ。天武天皇の皇子なり。この二人の太政大臣(3)はやがてみかどとなり給ふ。高市皇子は、大臣ながらうせ給ひにき。そののち太政大臣いとひさしくたえたまへり。たゞし職員令（しきゐんりやう）(4)に、「太政大臣には、おぼろけ(5)の人はなすべからず。その人なくは、たゞにおけるべし」とこそあむなれ。おぼろけのくらゐにははべらぬにや。四十二代にあたり給ふ文武天皇の御時に、年号さだまりたり。大宝元年といふ。文徳天皇のすゑのとし斉衡四年丁丑（ひのとうし）二月十九日、帝（みかどの）御舅左大臣従一位藤原良房のおとゞ太政大臣になり給ふ。御とし五十四。このおとゞこそは、はじめて摂政もしたまへれ。やがてこの殿よりしていまの閑院(6)大臣まで、太政大臣十一人つゞき給へり。たゞし、これよりさきの大友皇子・高市皇子くはへて十三人の太政大臣なり。太政大臣になり給ひぬる人は、うせ給ひてのちかならずいみなと申すものあり。然而（しかれども）、大友の皇子やがてみかどになり給ふ。高市の皇子の

(1)大友皇子は天智天皇の十年正月、太政大臣になり、十月皇太子、十二月三日天皇が崩じたので、二十五日に即位。翌年六月大海人皇子の挙兵（壬申の乱）にあい、七月二十五日崩。
(2)これは天武天皇のことである。
(3)「は」は「一は」とあるべきか。
(4)大宝令のうち。
(5)「おぼろけ」（ケは清む）は、なみ一通り・いいかげん。
(6)公季。

御いみなおぼつかなし。又、太政大臣といへど、出家しつれば、いみななし。されば、この十一人つゞかせ給へる太政大臣、ふたところは、出家したまへれば、いみなおはせず。この十一人の太政大臣達の御次第ありさま始終（はじめをはり）申し侍らんと思ふなり。ながれをくみてみなもとをたづねてこそはよく侍るべきを、大織冠(1)よりはじめたてまつりて申すべけれど、それはあまりあがりて、このきかせたまはん人々も、あなづりごとには侍れど、なにごとともおぼさざらんものから、ことおほくて、講師おはしなば、ことさめ侍りなば、くちをし。されば、帝王の御事も、文徳の御時より申して侍れば、そのみかどの御祖父（おほぢ）の、鎌足(2)のおとゞより第六にあたり給ふ、よの人はふぢさし(3)とこそ申すめれ、その冬嗣の大臣より申し侍らん。そのなかに、おもふに、たゞいまの入道殿、よにすぐれさせたまへり』

(1)孝徳天皇大化三年、七色十三階の冠位を制定された時の第一位。ここは藤原鎌足。

(2)鎌足—不比等—房前—真楯—内麿—冬嗣。

(3)藤左子かという。又もと「ふぢさふ」（藤左府。藤原左大臣の意）の「ふ」が「子」に誤写され「ふぢさ子→ふぢさし」になったものかという。

六　列伝　——時平——

一　左大臣時平

『このおとゞは、基経のおとゞの太郎也。御母、[1]四品弾正尹人康（しほんだんじやうのいんさねやす）親王の御女（むすめ）也。醍醐の帝の御時、このおとゞ左大臣のくらゐにて、[2]年いとわかくておはします。[3]菅原のおとゞは右大臣の位にておはします。そのをり、みかど[4]御としいとわかくおはします。左・右の大臣に、[5]よの政をおこなふべきよし宣旨くださ[6]しめ給へりしに、そのをり左大臣御年廿八九ばかりなり。右大臣の御とし五十七八にやおはしましけん。ともによのまつりごとをせしめ給ひしあひだ、右大臣は、[7]才よにすぐれめでたくおはしまし、御こゝろおきてもことのほかにかしこくおはします。左大臣は、御としもわかく、才もことのほかにおとり給へるにより、右大臣の[8]御おぼえ事のほかにおはしましたるに、左大臣やすからずおぼしたるほどに、さるべきにやおはしけん、右大臣の御ために[9]よからぬ事いできて、

(1)「弾正尹」は弾正台（風俗を粛清し内外の非違をただす役）の長官。人康親王は仁明天皇第四皇子。
(2)昌泰二年任左大臣。時に二十九歳。
(3)道真。時平と同時に任右大臣。五十五歳。
(4)昌泰二年十五歳。
(5)内覧の宣旨（天皇のみるべき文書をさきに見よという御沙汰書）。
(6)「しめ」は尊敬。
(7)学才。
(8)天皇からの御思われ方。
(9)時平の讒言（ザンゲン）。

昌泰四年正月廿五日、太宰権帥[1]になしたてまつり[2]てながされ給ふ。このおとゞ子共あまたおはせし(に)、女君達はむこどり、男君達はみな、ほど〴〵につけて位どもおはせしを、それもみなかた〴〵にながされ給ひてかなしきに、をさなくおはしける男君・女君達したひなきておはしければ、「ちひさきはあへなん[3]」と、おほやけもゆるさせ給ひしぞかし。みかどの御おきてきはめてあやにくにおはしませば、この御子どもをおなじかたにつかはさゞりけり。かた〴〵に、いとかなしくおぼしめして、御前の梅花(むめのはな)を御覧じて、

こちふかば[4]にほひおこせよむめのはなあるじなしとてはるをわするな

又、亭子[5]のみかどにきこえさせ給ふ、

ながれゆくわれはみくづとなりはてぬ君しがらみとなりてとゞめよ

なきことに[6]よりかくつみせられ給ふをかしこくおぼしなげきて、やがて山崎[7]にて出家せしめ給ひて、みやことほくなるまゝに、あはれにこゝろぼそくおぼされて、

(1)太宰府の長官。大臣の左遷にはこの官に任ずるが府務はとらない。
(2)「なしたてまつる」は道真を流すがわから言い、「流され給ふ」は道真のがわから言ったもの。
(3)「あへ」は「敢へ」。「敢ふ」は下二段自動詞。こらえる。
(4)「こち」は東風。この歌は拾遺集、雑にみえる。
(5)宇多天皇。
(6)無実の罪。
(7)京都府。大阪府との境に近く、淀川の右岸にある。

きみがすむやどのこずゑをゆく〳〵とかくるゝまでもかへりみしはや

又、はりま[1]のくににおはしましつきて、あかし[2]のむまやといふところに御やどりせしめ給ひて、むまや[3]のをさのいみじくおもへる気色を御覧じてつくらしめたまふ詩、いとかなし。

駅長莫㆑驚時変改、一栄一落是春秋。

かくてつくし[4]におはしつきて、ものをあはれにこゝろぼそくおぼさるゝゆふべ、をちかたに所々けぶりたつを御覧じて、

ゆふされば野にも山にもたつけぶりなげきより[5]こそもえまさりけれ

又、くものうきてたゞよふを御覧じて、

やまわかれ[6]とびゆくくものかへりくるかげみる時はなほたのまれぬ

さりともと、よをおぼしめされけるなるべし。月のあかき夜、

うみならずたゝ[7]へる水のそこまでにきよきこゝろは月ぞてらさむ

これ、いとかしこくあそばしたりかし。げに月日こそはてらし給はめとこそはあめれ』

(1)播磨国。兵庫県。
(2)明石の駅。今の兵庫県明石市字大蔵谷だという。
(3)駅長。
(4)筑前・筑後の古名から転じて九州の総称。ここは大宰府をさす。
(5)「なげき（嘆き）」に「木」をかける。「より」は出発点をあらわす。「なげ木を加えるのによって、そのなげ木が一段とはげしく燃えるのだった」の意。
(6)新古今、雑歌下にみえる。
(7)「たゝふ」は四段自動詞。海どころではなく、もっと広くふかくたたえている水の底までも、その水がすんでいるのなら、月はきっとてらしてくれるだろうの、意か。新古今、雑歌下にみえる。

まことにおどろおどろしきことはさるものにて、かくやうのうたや詩などをいとなだらかにゆゑ〳〵しういひつゞけまねぶに[1]、みきく人々、めもあやに[2]あさましくあはれにもまもりゐ給ひたり。もののゆゑしりたる人などもむげにちかくゐよりてほかめせずみきくけしきどもをみて、いよ〳〵はえて、物をくりいだすやうにいひつゞくるほどぞ、まことに希有（けう）なるや。しげき、なみだをのごひつゝ興じゐたり。

『つくしにおはしますところの御門（かど）かためておはします。大弐[3]のゐ所ははるかなれども、楼の上の瓦などの、こゝろにもあらず御覧じやられけるに、又いとちかく観音寺[4]といふ寺の有りければ、かねの声をきこしめして令作給詩（つくらせたまへるからうた）ぞかし、

都府楼[5]纔看㆓瓦色㆒、観音寺只聴㆓鐘声㆒。

これは、文集[6]の、白居易の「遺愛寺鐘欹㆑枕聴、香爐峯雪撥㆑簾看」といふ詩にまさゞまに令作給へりとこそ、むかしの博士ども申しけれ。又、かのつくしにて、九月九日[7]、きくのはなを御覧じけるついでに、いまだ京におはしましゝ時、九月のこよひ、内裏（だいり）にて菊宴（きくのえん）[8]ありしに、このおと

(1)まねをしてそのとおりに言う。
(2)目もあやしむばかりに。「あや」は「あやし」の「あや」であって、「綾」の意ではあるまい。
(3)太宰大弐。太宰府の次官。ここは参議正四位下藤原興範。
(4)観世音寺。
(5)菅家後集「不出門」の一節。都府楼は、太宰府の唐名大都督府から出た語。
(6)白氏文集。ここはその巻十六「香炉峯下新卜㆓山居㆒、草堂初成、偶題㆓東壁㆒、五首」中の一節。
(7)重陽の節日。
(8)重陽の宴。

ゞのつくらせ給ひける詩[1]をみかどかしこく[2]感じ給ひて、御衣（おんぞ）[3]たまはり給へりしを、つくしにもてくだらしめ給へりければ、御覧ずるに、いとゞそのをりおぼしめしいでゝ令作給ひける、

去年今夜侍二清涼一、秋思詩篇独断腸。恩賜御衣今在レ此、捧持毎日拝二余香一。

この詩、いとかしこく人々感じ申されき。この[4]ことゞもたゞちり〴〵なるにもあらず、かのつくしにて作集（つくりあつ）めさせ給へりけるをかきて一巻とせしめ給ひて、後集（ごしふ）[5]となづけられたり。又をり〳〵のうたかきおかせ給へりけるを、おのづからよにちりきこえしなり。世次わかうはべりしとき、このことのせめて[6]あはれにかなしう侍りしかば、大学の衆共のなま[7]不合にいましかりし[8]をとひたづねかたらひとりて、さるべきゐぶくろ[9]・破子[10]やうのもの調じてうちぐして、まかりつゝ[11]、ならひとりてはべりしかど、老（おい）の気（け）のはなはだしき事は、みなこそわすれ侍りにけれ。これはただ頗（すこぶる）[12]おぼえ侍るなり』といへば、きく人々『げに〳〵いみじきすきものにもものし給ひけるかな。いまの人はさるこゝろありなんや』など、

(1)菅家文草にみえる。
(2)はなはだしく、の意。
(3)「たまはる」は四段他動詞。いただく。
(4)これらの詩歌は。
(5)菅家後集（菅家後草）のこと。
(6)迫（セマ）って。切実に。
(7)余りふところ豊かともいえない学生。不合は貧乏。
(8)「いますかり」のなまったことば。
(9)食物を入れて携行するふくろ。
(10)なかにし切りをつくってある弁当箱。
(11)「まかる」は「行く」の対話敬語（謙譲）。
(12)「すこぶる」は「ひたぶる」などにならってできた男性用語で、「すこし・いささか」の意。

感じあへり。

『又、あめのふるひ、うちながめ給ひて、

あめのしたかはけるほどのなければやきてしぬれぎぬひるよしもなき

やがて[1]かしこにてうせ給へる、夜のうちに、この北野にそこら[2]の松をおほしたまひて、わたりすみ給ふをこそは、只今の北野[3]宮と申して、あら[4]人神におはしますめれば、おほやけも行幸せしめ給ふ。いとかしこくあがめたてまつりたまふめり。つくしのおはしましどころは安楽寺[5]といひて、おほやけより別当・所司などなさせ給ひて、いとやむ事なし。内裏やけて、度々つくらせ給ふに、円融院の御時の事なり、工（たくみ）どもうらいたどもをいとうるはしくかなか[6]きて、まかりいでつゝ、又のあしたにまゐりてみるに、昨日（きのふ）のうらいたに、ものゝすゝけてみゆるところの有りければ、はし[7]にのぼりてみるに、よの内にむしのはめるなりけり。その文字は、

つくるともまたもやけなんすが[8]はらやむねのいたまのあはぬかぎりは

(1) 延喜三年二月二十五日。
(2) たくさんの。
(3) 京都市上京区馬喰町。
(4) 現人神。人間の神になったもの。
(5) 現在の天満宮。ここは道真を葬った所で、住まいしたところではない。
(6) かんなでけずって。
(7) はしご。
(8) 「棟の板間」に「(菅原や)胸の痛(ィタ)ま」をかけた。

(1)宇多天皇女御。
(2)「もちいひ」の約。餅(モチ)。
(3)焼き石。温石(オンジャク)。
(4)牛車の左右に供奉する。
(5)薬師瑠璃光如来本願功徳経の略。
(6)「爾時衆中、十二薬叉大将倶在二会坐一、所謂宮毘羅大将、伐折羅大将、迷企羅大将、云々」。

は

とこそ有りけれ。それもこの北野のあそばしたるとこそは申すめりしか。

かくてこのおとゞつくしにおはしまして、延喜三年癸亥二月廿五日にうせ給ひしぞかし、御年五十九にて。さて後七年ばかりありて、左大臣時平のおとゞ、延喜九年四月四日うせ給ふ。御とし卅九。大臣の位にて十一年ぞおはしける。本院大臣と申す。この時平のおとゞの御女[1]の女御もうせ給ふ。御孫の春宮も、一男八条大将保忠卿もうせ給ひにきかし。

この大将、八条に住み給へば、内にまゐり給ふほどいとはるかなるに、いかゞおぼされけん、冬はもちひ[2]のいと大なるをば一、ちひさきをば二をやきて、やき石[3]のやうに御身にあてゝもちたまへりけるに、ぬるくなれば、ちひさきをばひとつづゝ、おほきなるをばなかよりわりて、御車[4]副になげとらせ給ひける、あまりなる御用意なりかし。そのよにもみゝとゞまりて人の思ひければこそ、かくいひつたへためれ。このとのぞかし、やまひづきて、さまぐ\祈りし給ひ、薬師[5]経読経まくらがみにてせさせ給ふに、[6]「所謂宮毘羅大将」とうちあげたるを、「我を『くびる』とよむ也（なり）けり」とおぼしけり。臆病にやがてたえいり給へば、経の文（もん）といふ中にも、こはきもの丶気にとりこめられ給へる人に、げにあやしくはうちあげてはべりかし。さるべきとはいひながら、[1]ものはをりふしのことだまも侍ること也。その御弟の[2]敦忠の中納言もうせ給ひにき。[3]和歌の上手、管絃の道にもすぐれ給へりき。（中略）

敦忠の御女子（にょし）は、[4]枇杷大納言の北方にておはしきかし。[5]あさましき悪事を申しおこなひたまへりし罪により、[6]このおとゞの御末はおはせぬなり。[7]さるは、[8]やまとだましひなどはいみじくおはしましたるものを。[9]延喜の、世間（よのなか）の作法（さほふ）したゝめさせたまひしかど、[10]過差をばえしづめさせ給はざりしに、[11]このとの、制をやぶりたる御装束の、事のほかにめでたきをして、内にまゐり給ひて、殿上に候はせ給ふを、みかど[12]小蔀（こじとみ）より御覧じて、御気色（みけしき）いとあしくならせ給ひて、[13]職事（しきじ）をめして、「世間の過差の制きびしきころ、左のおとゞの、[14]一の人といひながら、美麗（びれい）事のほかにてまゐれる、びんなき事也。はやくまかりいづべきよし被（おほせ）仰（られ）よ」と被（おほせ）仰（られ）ければ、うけたまはる職事は、「いかなる事にか」とおそれおもひけ

(1)「一体に物事には、ちょうどその場合の言霊（ことばのもつ霊妙な力）というものもございますことです」の意か。
(2)時平の三男。天慶六年三月七日死。
(3)三十六歌仙の一。
(4)中務卿代明親王三男。従三位大納言源延光。
(5)道真を讒言したこと。
(6)時平。
(7)そのくせ実は・とはいえ。
(8)大和魂は漢才（学才）に対する。事を処理する才能。
(9)醍醐天皇。
(10)度をこえた華美。
(11)時平。
(12)清涼殿の昼の御座（ヒノオマシ）と殿上の間との境にある壁の上の方につけてある小窓。
(13)蔵人頭と蔵人の総称。
(14)摂政・関白。

れど、まゐりて、わなゝくわなゝく、しか〲と申しければ、いみじくおどろきかしこまりうけ給はりて、御随身[1]のみさきまゐるも制したまひて、いそぎまかりいで給へば、御前（ごぜん）どもあやしとおもひけり。さて、本院[2]のみかど一月ばかりさゝせて、御簾（みす）のとにもいで給はず、人などのまゐるにも、「勘当（かんだう）のおもければ」とて、あはせたまはざりしにこそ、よの過差(は)たひらぎたりしか。内々によくうけたまはりしかば、さてばかりぞしづまらむとて、みかどゝ御心あはせさせ給へりける（と）ぞ。ものゝをかしさをぞ、え念ぜさせ給はざりける。わらひたゝせ給ひぬれば、頗事[3]（すこぶる）もみだれけるとか。北野[4]とよをまつりごたせ給ふあひだ、非道[5]なる事をおほせられければ、さすがにやむごとなくて、「せちにしたまふ事をいかゞは」とおぼして、「このおとゞのしたまふことなれば、不便なりとみれど、いかゞすべからん」となげき給ひけるを、なにがしの史[6]（し）が、「ことにもはべらず。おのれ、かまへてかの御ことをとゞめはべらん」と申しければ、「いとあるまじきこと。いかにして」などのたまはせけるを、「たゞ御覧ぜよ」とて、座につきてことときびしくさだめのゝし

(1)上皇・摂関以下大臣・納言・参議・大将等の外出時に従える護衛者。
(2)本院邸の御門を。
(3)いささか。
(4)道真。
(5)道理に合わない。
(6)太政官内の左右弁官局の役人。大史少史各二人ずつある。文書に関することを扱う。

り給ふに、この史、[1]文刺(ふんさし)に文はさみて、[2]いらなくふるまひて、このおとゞにたてまつるとて、いとたかやかに[3]ならして侍りけるに、おとゞふみもえとらず、てわなゝきて、やがてわらひて、「今日は無術(ずちなし)。右のおとゞにまかせ申す」とだにいひやり給はざりければ、それにこそ菅原のおとゞ御こゝろのまゝにまつりごち給ひけれ。又、きたの神[3]にならせ給ひて、いとおそろしくかみなりひらめき、清涼殿におちかゝりぬと[5]みえけるが、[6]本院のおとゞ、大刀(たち)を[7]ぬきさけて、「いきても、我がつぎにこそものし給ひしか。今日、神となり給へりとも、このよには、我にところおき給ふべし。いかでかさらではあるべきぞ」と、[8]にらみやりて、のたまひける。一度(いちど)はしづまらせ給へりけりとぞ、世人申しはべりし。されど、それは、かのおとゞのいみじうおはするにはあらず、王威のかぎりなくおはしますにより、理非をしめさせたまへるなり。』

(1)文書を挟んで貴人の前にさし出すための杖。長さ一・五メートルぐらい。
(2)ことごとしく・仰山(ギョウサン)に。
(3)放屁して。
(4)雷神。
(5)みえたところが。中古中期までは「が」の接続助詞の用例はみられないが、この「が」は接続助詞として用いられたものとみるべきであろう。
(6)時平。
(7)さやからぬき放って。「さく」は下二段他動詞で「放す」意。
(8)遠くをにらむ。

七　列伝　―師尹―

一　左大臣師尹[1]

『このおとゞ、忠平のおとゞの五郎、小一条のおとゞときこえさせ給ふめり。御母、[2]九条殿に同(おなじ)。大臣のくらゐにて三年。左大臣にうつり給ふ事、[3]西宮殿つくしへ下(くだ)り給ふ御替(かはり)也。その御事のみだれは、(この)小一条のおとゞのいひいで給へるとぞ、よの人きこえし。さて[4]そのとしもすぐさずうせ給ふことをこそ、申すめりしか。それもまことにや。

御女(むすめ)、村上の御時の宣耀殿(せんえう)の[5]女御、かたちをかしげにうつくしうおはしけり。内へまゐり給ふとて、御車に[6]たてまつりたまひければ、わが御身はのり給ひけれど、御ぐしのすそは[7]母屋(もや)の柱のもとにぞおはしける。ひとすぢを[8]みちのくにがみにおきたるに、いかにもすきみえずとぞ、申しつたへためる。御めのしりのすこしさがり給へるが、いとゞらうたくおはするを、みかどいと[9]かしこく時めかさせ給ひて、かくおほせられけ

(1) モロマサともモロタダともよまれている。
(2) 師輔。
(3) 安和二年三月二十六日左大臣源高明が太宰権帥に左遷された事。
(4) 安和二年十月五十歳で死。
(5) 芳子。
(6) おのりになったところが。
(7) 寝殿造で、廂の間より内側の、寝殿の中央の間。
(8) 陸奥紙、檀紙。まゆみの樹皮を主材料とした紙。
(9) 非常に。

るとか、

[1]いきてのよしにてののちののちのよもはねをかはせるとりとなりなん

[2]あきになることのはだにもかはらずはわれもかはせるえだとなりなん

御かへし、女御、

古[3]今うかべ給へりときかせたまひて、みかど、こゝろみに本をかくして、女御にはみせさせ給はで、「[4]やまと歌は」とあるをはじめにて、まづ[5]の句のことばをおほせられつゝ、とはせたまひけるに、いひたがへたまふ事、詞[6]にても歌にても、なかりけり。かゝる事なむと、父おとゞはきゝたまひて、御装束して、手洗ひなどして、所々に誦経（ずきやう）などし、念じいりてぞおはしける。[7]みかど、箏のことをめでたくあそばしけるも、御心にいれてをしへなど、かぎりなくときめき給ふに、冷泉院の[8]御母后うせ給ひてこそ、中々[9]こよなく[10]おぼえおとりたまへりとは、きこえ給ひしか。「[11]故宮のいみじうめざましくやすからぬものにおぼしたりしかば、思ひいづる

(1) 長恨歌「在ㇾ天願作二比翼鳥一、在ㇾ地願為二連理枝一」による。
(2) 「秋」に「飽き」を掛けた。
(3) 古今集を暗記しておられると。
(4) 古今集仮名序の冒頭の句。
(5) 歌のはじめの句。
(6) 詞書。
(7) 帝が―御自身箏（十三絃）の琴を立派にお弾きになるのにつけても―御熱心にお教えになりなど、女御はこの上なく時をえて栄えていらっしゃいますおりから。
(8) 安子。師輔の娘。村上天皇の皇后。
(9) 以前と比べて格段に。
(10) 「御おぼえ」の誤か。
(11) 安子。

に、いとほしく、くやしきなり」(1)とぞおほせられける。

この女御の御はらに、八宮(2)とて男親王（みこ）一人むまれたまへり。御皃（かたち）などはきよげにおはしけれど、御心きはめたる白物（しれもの）(3)とぞきゝたてまつりし。よのなかのかしこきみかどの御ためしに、もろこしには、「堯・舜のみかど」と申し、このくにには、「延喜・天暦」とこそは申すめれ。延喜とは醍醐の先帝（せんだい）、天暦とは村上の先帝の御ことなり。そのみかどの御子、小一条の大臣の御まごにて、しかしれたまへりける、いと〱あやしきことなりかし。

そのはゝ女御の御せうと(4)、済時（なりとき）左大将とましゝ、長徳元年己未（つちのとひつじ）四月廿三日うせたまひにき、御年五十五。この大将は、ちゝおとゞよりも、御心ざまわづらはしく、くせ〲(5)しきおぼえまさりて、名聞（みやうもん）(6)になどぞおはせし。御いもうと(7)の女御殿に村上の、ことをしへさせ給ひける御前にさぶらひ給ひて、きゝ給ふほどに、おのづから、我もその道の上手に、人にもおもはれたまへりしを、おぼろけにて心よくならしたまはず、さるべきことのをりも、せめてそゝのかされて、物一許（ものひとつばかり）(8)かきあはせなどこそ

(1)芳子女御を寵愛したことが後悔されるのだ。
(2)永平親王。
(3)知能の低い人。
(4)「せうと」は女から男の兄弟をさしていう。
(5)ひとくせあるという世評。
(6)見え坊。
(7)男から女のきょうだいをさしていう。
(8)何かほんの一曲ほど。

したまひしか(ば)、「あまりけにくし」と、人にもいはれたまひき。人のたてまつりたる贄[1]などいふものは、御前の庭にとりおかせ給ひて、よるはにへ殿にをさめ、ひるは又もとのやうにとりいでつゝおかせなど、又人のたてまつりかふるまではおかせ給ひて、とりうごかすことはせさせ給はぬ、あまりやさしき[2]ことなりな。人などのまゐるにも、かくなんとみせ給ふれう[3]なめり。むかし人[4]は、さる事をよきにはしければ、そのまゝのありさまをせさせ給ふとぞ。(中略)

この[5]殿の御北方にては、枇杷(びは)大納言延光の御女(むすめ)ぞおはする。女君二所・男君二人ぞおはせし。女君は、三条の院の東宮にておはしましゝをりの女御にて、宣耀殿[6]と申して、いと時におはしましゝ。男親王(みこ)四所・女宮二人、女君は[7]三条院の東宮にて、むまれ給へりしほどに、東宮くらゐにつかせ給ひて又のとし、長和元年四月廿八日、后にたち給ひて、皇后宮と申す。又、いま一所の女君は、ちゝ殿[8]うせ給ひにしのち、御心[9]わざに、冷泉院の四親王(のみこ)、帥宮[10](そちのみや)と申す御うへにて二三年ばかりおはせしほどに、宮、和泉式部[11]におぼしうつりにしかば、ほいなくて、小一条[12]にかへ

(1) 進物。
(2) (相手の気持を思いいたわって)度をすごしてつゝましやかなことですよ。「やさし」は「や(痩)す」から出た形容詞という。「身がほそるまでの思いだ」の意から上代では「はずかしい」、中古では、さらに「つつましい」の意ともなる。
(3) 料。
(4) 古風な人。
(5) 済時。
(6) 娀子。
(7) 「女君は三条院の東宮にて」の一句は、すぐ前にあるのを、誤って重複してうつし入れたものらしい。省いてよむとわかりやすい。
(8) 済時。
(9) 御自分の自由意志で。
(10) 太宰帥に任ぜられた親王。敦道親王。
(11) 大江雅致女。歌人。
(12) 済時の邸。近衛南・東洞院西。

らせ給ひにしのち、このごろきけば、心えぬ有りさまのことのほかなるにてこそおはすなれ。この殿の御おもておこしたまふは、皇后宮におはしましき。このみやの御はらの一の親王、敦明親王とて、式部卿と申ししほどに、長和五年正月廿九日、三条院おりさせ給へば、この式部卿、東宮にたゝせ給ひにき。御年廿三。但[1]道理ある事とみな人おもひまうしゝほどに、二年ばかり有りて、いかゞおぼしめしけん、宮たちと申ししをりよろづにあそびならはせ給ひて、うるはしき御ありさまいとくるしく、いかでかからでもあらばやとおぼしなられて、皇后宮[2]に、「かくなむ思ひはべる」と申させ給ふを、いかでかはげにさもとはおぼさんずる。「すべてあさましく、あるまじきこと」とのみ、いさめ申させたまふに、おぼしあまりて、入道殿[3]に御消息ありければ、まゐらせたまへるに、御ものがたりこまやかにて、「このくらゐさりて、たゞ心やすくてあらむとなん思ひはべる」ときこえさせ給ひければ、「更々[4]にうけ給はらじ。さは、三条院の御すゐはたえねとおぼしめしおきてさせ給ふか。いとあさましくかなしき御ことなり。かゝる御心のつかせ給ふは、こと

(1)「ただし」は「ただ」につよめの「し」が添った語かという。中古の女性の作品には用例が見えないようである。
(2)娍子。
(3)道長。
(4)「サラニサラニ」とよむべきか、「サラサラニ」とよむべきか、説がある。

〳〵ならじ。たゞ冷泉院[1]の御もののけなどのおもはせたてまつるなり。さおぼしめすべきぞ」と啓し給ふに、「さらば[2]、たゞほいある出家にこそはあなれ」とのたまはするに、「さまでおぼしめす事なれば、いかゞはともかくも申さむ。内に奏しはべりてを[3]」と申させ給ふをりにぞ、御気色いとよくならせ給ひにける。さて殿、内にまゐり給ひて、大宮[4]（おほみや）にも申させ給ひければ、いかゞはきかせ給ひけんな。此度（このたび）の東宮には式部卿[5]の宮をとこそはおぼしめすべけれど、一条院の、「はか〳〵しき御うしろみなければ、東宮に当代[6]をたてたてまつるなり」とおほせられしかば、これ[7]も同じことなりと、おぼしさだめて、寛仁元年八月五日こそは、九にて、三宮[8]（さんのみや）、東宮にたゝせたまひて、寛仁三年八月廿八日、御年十一にて、御元服せさせ給ひしか。まづの東宮をば小一条院と申す。いまの東宮の御ありさま、申すかぎりなし。つひの事とは思ひながら、たゞいまかくとはおもひかけざりしことなりかし。小一条院、わが御心とかくのかせ給へることは、これをはじめとす。よはじまりてのち、東宮の御くらゐとりさげられたまへることは、九代[9]許（ばかり）にやなりぬらん。中に法師[10]東

(1) 敦明親王の御祖父冷泉院におつきした怨霊。大納言藤原元方とその女祐姫の霊など。怨霊（もののけ）はその人一代でなく、子孫にまでたたると信ぜられていた。

(2) 「冷泉院のもののけがそう思わせるのなら、いちずに、自分にとっては（渡りに舟の）本意のとおりの出家ということになるようだ」の意か。この「なれ」（なり）は、「相手の話によって判断すると……であるようだ」の意の推定の助動詞とみる。

(3) 「を」は感動（詠嘆）の動詞。

(4) 大皇太后宮彰子。

(5) 一条天皇の第一皇子敦康親王。御母定子。

(6) 今の後一条天皇。敦成親王。御母彰子。

(7) こんどの場合も。

(8) 一条天皇の第三皇子敦良親王（後朱雀天皇）。御母彰子。

(9) 「九」は「五」の誤りかという。

(10) 法師になられた東宮。早良親王（桓武天皇の弟）の事というが、出家の事実はない。

宮おはしけるこそ、うせ給ひてのちに、贈太上（だじやう）天皇と申して、六十余国にいはひすゑられたまへれ。公家（おほやけ）にもしろしめして、官物（くわんもつ）[1]のはつほさきたてまつらせ給ふめり[2]。この院[3]のかくおぼしたちぬる事、かつは殿下[4]の御（ご）報（ほう）[5]のはやく[6]おはしますにおされたまへる（なるべし）。又おほくは元方（もとかた）[7]の民部卿の霊のつかうまつるなり』といへば、さぶらひ、『それもさるべきなり。このほどの御ことゞもこそ、ことのほかにかはりてはべれ。なにがしはいとくはしくうけ給はることはべる物を』といへば、よつぎ、『さもはべるらん。つたはりぬることは、いで〳〵うけたまはらばや。ならひにしことなれば、ものの猶きかまほしく侍るぞ』といふ。

興ありげに思ひたれば、『ことのやうたい[8]は、三条院のおはしましけるかぎりこそあれ[9]、うせさせ給ひにけるのちは、よのつねの東宮のやうにもなく、殿上人まゐりて御あそびせさせ給ひや[10]、もてなしかしづき申す人などもなく、いとつれ〴〵に、まぎるゝかたなくおぼしめされけるまゝに、心やすかりし御ありさまのみ恋しく、ほけ〴〵しきまでおぼえさせ給ひけれど、三条院おはしましつるかぎりは、院[11]の殿上人もまゐり

(1) 貢物の初穂。
(2) さいて（分けて）山陵に献上なさっているようです。
(3) 小一条院。
(4) 道長。
(5) 御果報。御運勢。
(6) この「はやし」は「はげしい・つよい」などの意。
(7) 村上天皇の第一皇子広平親王の外祖父。第二皇子（冷泉天皇。師輔の娘安子所生）の立太子によって失望して憤死し、怨霊となって、その血統の方々にたゝった。
(8) 以下侍のことば。「やうたい」は「様体」をあてるべきかという。
(9) 間こそはともかくとして。「こそあれ」は「こそ東宮のやうにあれ」の略。
(10) 並列の「や」。
(11) 上皇御所の昇殿を許された人々。

や、御つかひもしげくまゐりかよひなどするに、人めもしげく、よろづなぐさめさせ給ふを、院うせおはしましては、世中(よのなか)のものおそろしく、大路のみちかひもいかゞとのみわづらはしく、ふるまひにくきにより、宮司(みやつかさ)(1)などだにもまゐりつかまつることもかたくなりゆけば、ましてげす(2)の心はいかゞはあらむ、とのもりづかさ(3)の下部(しもべ)(4)あさぎよめつかうまつることなければ、にはの草もしげりまさりつゝ、いとかたじけなき御すみかにてまします。まれ〳〵まゐりよる人々は、よにきこゆることとて、「三宮のかくておはしますを心ぐるしく殿も太宮(おほみや)も思ひ申させ給ふに、『若(わか)し内(5)に男宮もいでおはしましなば、いかゞあらむ。さあらぬさきに、東宮にたてたてまつらばや』となん、おほせらるなる(6)。されば、おしてとられさせ給ふべかんなり(7)」などのみ申すを、まことにしもあらざらめど、げにことのさまもよもとおぼゆまじければにや、きかせ給ふ御心ちはいとゞうきたる(8)やうにおぼしめされて、「ひたぶるにとられんよりは、われとやのきなまし(9)」とおぼしめすに、又、「高松殿(10)の御匣殿(みくしげどの)(11)まゐらせ給ひ、とのはなやかにもてなしたてまつらせ給ふべかなり」とも、例のこと

(1)春宮坊の役人。大夫・亮・大進・少進等がある。
(2)下司。主殿司の下部など身分の低い人々。
(3)宮内省所属。庭の掃除、節会の時のたいまつ・薪・庭火等に奉仕する。
(4)朝の清掃。
(5)後一条天皇。
(6)・(7)伝聞・推定の助動詞。
(8)不安定な。
(9)退位してしまおうかしら。(その時点では不可能と思われることを想像するので「まし」を用いたのである。しかしのちにその不可能事が実現することになるので、こうした「まし」をためらいをあらわすと解く説もある。)
(10)道長の第二夫人高松殿(源高明の娘明子)腹の寛子。御匣殿別当の略。当時は天皇または東宮の侍妾。
(11)東宮にさし上げなさって。

なれば、よ人(ひと)のさま〴〵さだめ申すを、皇后宮[1]きかせ給ひて、いみじうよろこばせ給ふを、東宮[2]は、いとよかるべきことなれど、さだにあらば、いとゞわがおもふことえせじ、猶かくてえあるまじくおぼされて、御母宮に、「しか〴〵なん思ふ」ときこえ申させ給へば、さらなりや、「いと〳〵あるまじき御事なり。御匣殿の御ことをこそ、まことならば、すゝみきこえさせたまはめ。さらにさらにおぼしよるまじきことなり」ときこえさせ給ひて、御もの〻けのするなりと、御いのりどもせさせ給へど、さらにおぼしとゞまらぬ御心のうちを、いかでかよ人もきゝけん、「さてなん[3]『御匣殿まゐらせたてまつり給へ』とも、きこえさせたまふべかなる」などいふこと、殿辺(とのあたり)[4]にもきこゆれば、「まことにさもおぼしゆるぎてのたまはせば、いかゞすべからん」などおぼす。

さて東宮はつひにおぼしめしたちぬ。のちに御匣殿の御事もいはむに、中々それはなどかなからむなど、よきかたざまにおぼしなしけん、不覚[5]のことなりや。皇后宮にもかくともまうし給はず、たゞ御心のまゝに殿に御消息きこえんとおぼしめすに、むつまじうさるべき人も〻のし

(1)娍子。

(2)敦明親王。

(3)東宮は退位なさった上で、「御匣殿をこちら（東宮のもと）へ参上させ申し上げなさい」と道長公に申し上げあそばすはずだそうだ。

(4)道長のあたり。

(5)不覚悟。覚悟がしっかりしていない。

給はねば、[1]中宮権大夫殿のおはします[2]四条坊門と[3]西洞院とは宮ちかきぞかし、そればかりをこと人よりはとやおぼしめしよりけん、蔵人なにがしを御つかひにて、「[4]あからさまにまゐらせ給へ」とあるを、おぼしもかけぬことなれば、おどろき給ひて、「なにしにめすぞ」ととひ給へば、「まうさせ給ふべきことの侯ふにこそ」と申すを、「このきこゆることゞもにや」とおぼせど、「のかせ給ふ事はさりともよにあらじ。御匣殿の御ことならん」とおぼす。いかにもわが心ひとつにはおもふべきことならねば、「おどろきながらまゐりさぶらふべきを、[5]おとゞに案内申してなむ侯ふべき」と申し給ひて、先（まづ）、殿にまゐり給へり。「東宮よりしかく〳〵なんおほせられたる」と申し給へば、殿もおどろき給ひて、「何事ならむ」とおほせられながら、大夫殿とおなじやうにぞおぼしよらせ給ひける。「まことに御匣殿の御ことのたまはせんを、いなび申さむも便なし。まゐり給ひなば、又さやうに[6]あやしく(て)はあらせたてまつるべきならず。又、[7]さては、世の人の申しなるやうに、東宮のかせ給はんの御思あるべきならずかし」とはおぼせど、「しかわざとめさんには、

(1) 能信。
(2) 三条と四条との中間、東西に通じる小路。
(3) 大内裏の西側大宮大路から西へ五番目の南北に通じる大路。「四条坊門」以下「宮ちかきぞかし」までの解には、なお不審がある。
(4) ちょっと参上なさって下さい。
(5) 父大臣（道長）に事情を申し上げた上で。
(6) 東宮を見苦しい様子では。
(7) 「いったん見苦しい様子でないように（優遇）し申し上げてしまっては」とも、「見苦しい様子のまゝでおき申し上げては」とも解かれる。

いかでかまゐらではあらむ。いかにものたまはせんことをきくべきなり」と申させたまへば、まゐらせ給ふほど、日もくれぬ。陣[1]に左大臣殿[2]の御くるまや御前（ごぜん）[3]どものあるをなまむつかしとおぼしめせど、かへらせ給ふべきならねば、殿上にのぼらせたまひて、「まゐりたるよし啓せよ」と、蔵人[4]にのたまはすれば、「おほい殿[5]の、御前にさぶらはせ給へば、たゞいまはえなん申しさぶらはぬ」ときこえさするほど、みまはさせ給ふに、にはの草もいとふかく、殿上のありさまも東宮のおはしますとはみえず、あさましうかたじけなげなり。大い殿いで給ひて、かくとけい[6]すれば、朝がれひ[7]のかたにいでさせ給ひて、めしあれば、まゐりたまへり。「いとちかく、こち」とおほせられて、「ものせらるゝこともなきに、案内[8]するも、はゞかりおほかれど、おとゞ[9]にきこゆべきことのあるを、つたへものすべき人のなきに、まぢかきほどなれば、たよりにもとおもひて、消息しきこえつる。其旨（そのむね）は、『かくてはべるこそは本意ある事とおもひ、故院[10]のしおかせ給へることをたがへたてまつらんもかたぐ\にはゞかりおもはぬにあらねど、かくてあるなん、思ひつゞくるに、つ

(1)東宮警固の士帯刀などの詰所。
(2)東宮女御藤原延子の父。藤原顕光。
(3)御前駆の者ども。
(4)東宮蔵人。東宮側近の御用を勤める者。
(5)顕光。
(6)蔵人が。
(7)朝餉の間。元来は清涼殿の西廂にある部屋の名。天皇が朝餉の食事をとられる所。ここは内裏に準じて置かれた東宮御所の朝餉の間。
(8)来て下さるまいかと、御つごうをうかがうのも。
(9)道長。
(10)三条院。

みふかくもおぼゆる。内[1]の御ゆくすゑはいとはるかにものせさせ給ふ。いつともなくて、はかなきよに命もしりがたし。この有(あり)さまのきて、心にまかせて、おこなひもし、物詣(ものまうで)をもし、やすらかにてなんあらまほしきを、むげに前東宮にてあらむは、みぐるしかるべくなん。院号[2]給ひて、年に受領(ずりやう)[3]などありてあらまほしきを、いかなるべきことにか』と、つたへきこえられよ」とおほせられければ、かしこまりて、まかでさせ給ひぬ。

その夜はふけにければ、つとめてぞ、殿にまゐらせ給へるに、内へまゐらせ給はんとて、御装束のほどなれば、え申させ給はず。おほかたには、御供にまゐるべき人々、さらぬも、いでさせ給はんに見参(げざん)せんと、おほくまゐりあつまりて、さわがしげなれば、御車にたて[4]まつりにおはしまさむに申さんとて、そのほど、寝殿(しんでん)のすみのまの格子によりかゝりてゐさせ給へるを、源民部卿(げんみぶきやう)[5]よりおはして、「などかくてはおはします」ときこえさせ給へば、殿にはかくしきこゆべきことにもあらねば、「しかゞゝのことのあるを、人々のさぶらへば、え申さぬなり」とのたまは

(1)今上。後一条天皇。

(2)天皇譲位後、その御居所により何院と称すること。(嵯峨天皇に始まる。)ここは院号を下さって上皇格の待遇を受けたいの意。

(3)年官年爵などうけてくらしたい。

(4)おのりになりにいらっしゃろうときに。

(5)源高明の子。俊賢。高松殿明子の兄弟。能信の伯父。

(1) お話を承ると、どうやら……であるようです。

(2) 東宮のお申し出を。

(3) 頼通。

するに、御けしきうちかはりて、このとのもおどろき給ふ。「いみじくかしこきことにこそあなれ[1]。たゞとくきかせたてまつり給へ。内にまゐらせ給ひなば、いとゞ人がちにてえ申させ給はじ」とあれば、げにとおぼして、おはしますかたにまゐりたまへれば、さならんと御心えさせ給ひて、すみのまにいでさせ給ひて、「春宮(とうぐう)にまゐりたりつるか」とはせ給へば、よべの御消息くはしく申させ給ふに、さらなりや、おろかに[2]おぼしめさむやは。おしておろしたてまつらんことはゞかりおぼしめしつるに、かゝることのいできぬる御よろこびなほつきせず、先(まづ)いみじかりける太宮(おほみや)の御すくせかな」とおぼしめす。民部卿殿に申しあはせさせ給へば、「たゞとく〳〵せさせ給ふべきなり。なにか吉日をもとはせ給ふ。すこしものびば、おぼしかへして『さらでありなん』とあらむをば、いかゞはせさせ給はん」と申させ給へば、さることとおぼして、御暦御覧ずるに、今日あしき日にもあらざりけり。やがて関白殿[3]もまゐり給へるほどにて、とく〳〵とそゝのかし申させ給ふに、「先(まづ)いかにも太宮(おほみや)に申してこそは」とて、内におはしますほどなれば、まゐらせ給ひて、かくなんときかせたてまつらせたまへば、まして女の御こゝろはいかゞおぼしめされけん。それよりぞ東宮にまゐらせ給ひて、御子どものとのばら、又例も御供にまゐり給ふ上達部・殿上人ひきぐせさせ給へれば、いとこちたくひゞきことにておはしますを、まちつけさせ給へる宮の御こゝちは、さりとも、すこし[1]すゞろはしくおぼしめされけんかし。心もしらぬ人は、つゆまゐりよる人だになきに、昨日(きのふ)[2]二位中将殿のまゐり給へりしだにあやしとおもふに、又今日(けふ)、かくおびたゞしく、[3]賀茂詣などのやうに、[4]御さきのおともおどろおどろしうひゞきてまゐらせ給へるを、いかなることぞとあきるるに、すこしよろしきほどの者は、「御匣殿の御事[5]まさせ給ふなめり」とおもふは、さもにつかはしや。むげに[6]おもひやりなききはの者は、又わが[7]心にかゝるまゝに、「内のいかにおはしますぞ」などまで、こゝろさわぎしあへりけるこそ、あさましうゆゝしけれ。[8]母宮だにもえしらせ給はざりけり。かくこの御方に物さわがしきを、いかなる事ぞとあやしうおぼして、[9]案内し申させ給へど、[10]例(れい)女房のまゐる道をかためさせ給ひてけり。

(1)「何となくそわそわと落ちつかなく」の意という。
(2)能信（中宮権大夫）を当時の官で記したもの。近衛中将は従四位下相当。摂関の子弟は中将で三位、二位に進んだ。
(3)摂関の賀茂詣。四月賀茂祭の前に行われる。
(4)先駆の立てる声。
(5)申させ。
(6)「おもひやる」は遠くまで思いをおよぼすこと。
(7)気になる。
(8)娍子。
(9)事情を問いたずね申上げさせなさる。
(10)「いつも」の意で副詞として用いられているのであろう。「まゐる」にかかる。源氏、東屋「例こなたに来馴れたる人にやあらむと思ひて」。

との[1]には、としごろおぼしめしつる事などこまかにきこえんと心づよくおぼしめしつれど、まことになりぬるをりは、いかになりぬることぞと、さすがに御こゝろさわがせ給ひぬ。むかひきこえさせ給ひては、かた[2]〳〵におくせられ給ひにけるにや、たゞきのふのおなじさまに、なか〳〵ことずくなにおほせらるゝ御返りは、「さりとも、いかにかくはおぼしめしよりぬるぞ」などやうに申させ給ひけんかしな。御気色のこゝろぐるしさをかつはみたてまつらせ給ひて、すこしおしのごはせ給ひて、「さらば、今日吉日なり」とて、院[3]になしたてまつらせ給ふ。やがてこと[4]どもはじめさせ給ひぬ。よろづ[5]のことさだめおこなはせ給ふ。判官代（はんぐわんだい）[6]には、宮司（みやづかさ）[7]ども・蔵人などかはるべきにあらず。別当（べたう）[8]には中宮[9]の権大夫をなしたてまつり給へれば、おりて拝[10]し申させ給ふ。事どもさだまりはてぬれば、い[11]でさせ給ひぬ。

　いとあはれにはべりけることは、殿[12]のまだ候はせ給ひける時、母宮の御かたより、いづかたのみちよりたづねまゐりたるにか、あらはに御覧ずるもしらぬけしきにて、いとあやしげなる女房の、わな

(1)道長。
(2)あれやこれやと自然気おくれなさってしまったのであろうか。
(3)太上天皇に対する尊号。ここは上皇に准じて院とし申し上げた。
(4)院の庁の事務始め。
(5)新役人の任命など万端。
(6)院の庁の事務官。五位または六位。
(7)春宮坊の役人や蔵人。
(8)院中の事を総理する長官。公卿を以てこれに補する。
(9)能信。
(10)拝舞の礼。
(11)道長は。
(12)道長。

ゝくわなゝく、「いかにかくはせさせ給へるぞ」と、こゑもかはりて申しつるなん、「あはれにも又をかしうも」とこそおほせられけれ。[1]勅使こそ誰ともたしかにもきゝ侍らね。[2]祿など、にはかにて、いかにせられけん』といへば、『[3]殿こそはせさせ給ひけめ。さばかりのことになりて[4]逗留せさせ給はんやは』『[5]火たきや・陣屋などとりやられけるほどにこそ、えたへずしのびねなく人々はべりけれ。まして[6]皇后宮・[7]ほりかはの女御どのなどは、さばかり心ぶかくおはします御心どもに、いかばかりおぼしめしけんと、おぼえ侍りし。世中（よのなか）の人、「女御殿、

　雲ゐまでたちのぼるべきけぶりかとみえしおもひのほかにもあるかな

といふうたよみ給へり」など申すこそ、さらによもとおぼゆれ。いとさばかりの事に、和歌のすぢおぼしよらじかしな。御心のうちにはおのづからのちにも[8]おぼえさせ給ふやうもありけめど、人のきゝつたふるばかりはいかゞ有りけん』といへば、おきな、『げにそれはさることにはべれど、昔も、いみじきことのをりかゝることいとおほくこそきこえはべ

(1) 院号（小一条院）宣下の勅使。
(2) 勅使に対する当座の御祝儀。
(3) 世次の詞。
(4) ぐずぐずする。
(5) 侍の詞。「火たきや」は警固のため衛士が篝火をたく小屋。
(6) 娍子。
(7) 東宮女御延子。顕光の娘。
(8) そうしたお歌がお心に自然お浮かびになるようなこともあったろうが。

りしか』とてさゝめくは、いかなることにか。

『さて[1]、かくせめおろしたてまつり給ひては、又御むこにとりたてまつらせ給ふほど、もてかしづきたてまつらせ給ふ御ありさま、まことに御心もなくさませ給ふばかりこそきこえはべりしか。おものまゐらする[2]をりは、だいばん所[3]におはしまして、御台や盤などまで手づからのごはせ給ふ。なにをも召し試みつゝなむまゐらせ給ひける。御障子（さうじ）ぐちまでもておはしまして女房に給はせ、殿上にいだすほどにもたちそひて、よかるべきやうにをしへなどを[4]。これこそ[5]は御本意よとあはれにぞ。このきはに故式部卿[6]の宮の御事有りけりといふ、そら事也。なにゆゑあることにもあらなくに[7]、むかし[8]のことどもこそはべれ、おはします人の御事申す、便なきことなりかし』

『さて[9]、式部卿のみやと申すは、故一条院の一のみこにおはします。その宮をばとしごろ帥宮（そちのみや）と申しゝを、小一条院式部卿にておはしましかど、東宮にたち給ひてあく所に、帥をばのかせ給ひて、式部卿とは申しゝぞかし。そののちのたびの東宮にもはづれ給ひて、おぼしなげきし

(1)以下、侍のことば。
(2)御食事をさし上げる。
(3)道長自身が。
(4)「を」は感動助詞か。あるいは本文に誤りがあろうか。
(5)「こそ……よ」は中古中期までは例が見えない。
(6)敦康親王を東宮に立てる謀議があったという事。
(7)「あらなくに」は「あらぬことなるに」の意。歌語以外に用いられることは、めずらしい。
(8)昔の事ども（のばあい）はともかくとして。「こそはべれ」は「こそ便なきことにはあらずはべれ」の略とみられる。
(9)以下、世次のことば。

ほどに[1]うせ給ひにしのち、又この小一条院の御さしつぎの二宮敦儀親王をこそは式部卿とは申すめれ。又次の三宮敦平の親王を中務の宮と申す。次の四宮師明親王と申す、をさなくより出家して、仁和寺僧正のかしづきものにておはしますめり。この宮達の[2]御妹の女宮達二人、一所はやがて三条院の御時の斎宮にて[3]くだらせ給ひにしを、のぼらせ給ひてのち、[4]荒三位道雅の君に[5]なだゝせ給ひにければ、三条院も、御なやみのをり、いとあさましきことにおぼしなげきて、あまになし給ひて[6]うせ給ひにき。いま一所の[7]女宮、まだおはします。[8]小一条の大将の御ひめぎみぞ、たゞいまの[9]皇后宮と申しつるよ。三条院の御時に、后にたてたてまつらんとおぼしける。[10]こちよりては、大納言のむすめの、后にたつれいなかりければ、御父大納言を[11]贈太政大臣になしてこそは后にたてさせ給ひてしか。されば皇后宮いとめでたくおはしますめり。御[12]せうと、一人は[13]侍従入道、いま一所は大蔵卿通任の君こそはおはすめれ。又、[14]伊与入道もそれぞかし。いま一所の女君こそは、いとはなはだしく心うき御有りさまにておはすめれ。父大将の[15]とらせ給へりける処分の領所、[16]あふみに有

(1)寛仁二年十二月七日。
(2)「いもうと」は男から女のきょうだいをいう。姉妹。
(3)伊勢へ。
(4)伊周の子。「荒」は行状が乱暴な、の意であろう。
(5)うき名がお立ちになる。
(6)三条院は。
(7)禔子。
(8)済時。
(9)娍子。
(10)近来は。
(11)公卿補任では「贈右大臣」とある。作者の誇張かという。
(12)兄弟。
(13)相任。
(14)為任。
(15)お与えになった。
(16)近江。

りけるを、人にとられければ、すべきやうなくて、かばかりになりぬれば、ものゝはづかし(さ)もしられずやおもはれけん、よる、かちより、御堂[1]にまゐりて、うれへ申し給ひしはとよ。殿の御まへは、阿弥陀堂の仏の御前に念誦（ねんず）しておはしますに、夜いたくふけにければ、御脇息（けふそく）によりかゝりて、すこしねぶらせ給へるに、犬防（いぬふせぎ）[2]の本（もと）に人のけはひのしければ、あやしとおぼしめしけるに、女のけはひにて、しのびやかに、「もの申し候はん」と申すを、御ひがみゝかとおぼしめすに、あまたたびになりぬれば、「まことなりけり」とおぼしめして、いとあやしくはあれど、「誰（た）そ、あれは」ととはせ給ふに、「しか〴〵の人の、申すべきこと候ひてまゐりたるなり」と申しければ、いと〳〵あさましくはおぼしめせど、あらくおほせられんもさすがにいとほしくて、「なにごとぞ」ととはせ給ひければ、「しろしめしたる事に候ふらん」とて、事のありさまこまかに申し給ふに、いとあはれにおぼしめして、「さらなり。みなきゝたる事なり。いとふびんなることにこそはべるなれ[3]。いま、しかすまじきよし、すみやかにいはせん。かくいましたること、あるまじき

(1) 阿弥陀堂。無量寿院ともいい、後に法成寺の一堂となる。
(2) 仏を安置する内陣と外陣とを隔てる格子。
(3) 伝聞・推定の「なり」。

こと也。人してこそいはせ給はめ。とくかへられね(1)」とおほせられければ、「さこそはかへすがへすおもひ給へ候ひつれど、申しつぐべき人のさらに候はねば、さりとも、あはれとはおほせ事候ひなんと思ひ給へてまゐり候ひながらも、いみじうつゝましう候ひつるに、かくおほせらるゝ、申しやるかたなくうれしく候ふ」とて、手をすりてなくけはひに、ゆゝしくもあはれにもおぼしめされて、とのもなかせ給ひにけり。いで給ふみちに、南大門に人々ゐたるなかをおはしければ、なにがしぬし(2)のひきとゞめられけるこそ、いと無愛（ぶあい）(3)のことなりや。のちに殿もきかせ給ひければ、いみじうむづからせ給ひて、いとひさしく御(4)かしこまりにていましき。さて、御(5)うれへの所は、ながく、論あるまじく、この人の領（りやう）にてあるべきよし、おほせくだされにければ、もとよりもいとしたゝかに領じ給ふ。きはめていとよし。さばかりになりなんには、物のはぢしらでありなん。かしこく申し給へる、いとよきこと」と、くち〴〵ほめきこえしこそ、中々におぼえはべりしか。大門にてとらへたりし人は、式部大夫(6)源政成が父なり』

(1)「ね」は完了の助動詞「ぬ」の命令形。

(2)何某殿。下文によれば、ここは源政成の父越後権守経任。「ぬし」は主として国司階級の人に付ける敬称。

(3)あいそのないふるまい。

(4)勘当を蒙って。

(5)歎願なさった領地。

(6)式部大丞（正六位下相当）で従五位下に叙せられた人。「政成が」の「が」は「の」に比べて、いやしめのきもちがある。

八　列伝　――師輔――

一　右大臣師輔

『（前略）この九条殿[1]は百鬼夜行(ひやくきやぎやう)[2]にあはせたまへるは。いづれの月といふことは、えうけたまはらず、いみじう夜ふけて、内よりいでたまふに、大宮[3]よりみなみざまへおはしますに、あはゝのつじ[4]のほどにて、御くるまのすだれうちたれさせたまひて、「御くるまうしもかきおろせ、かきおろせ」と、いそぎおほせられければ、あやしとおもへど、かきおろしつ。御随身・御前どもも、いかなることのおはしますぞと、御車のもとにちかくまゐりたれば、御したすだれ[5]うるはしくひきたれて、御笏(さく)[6]とりてうつぶさせたまへるけしき、いみじう人にかしこまり申させ給へるさまにておはします。「御車はしぢ[7]にかくな。たゞ随身どもは、ながえのひだり・みぎのくびき[8]のもとにいとちかくさぶらひて、さきをたかくおへ。ざうしきどもも、こゑたえさすな。御前どもちかくあれ」とおほせられ

(1)師輔。忠平の二男。母源能有の娘。九条坊門の南、町尻の東に邸があった。公卿で廿六年、大臣で十四年在官。天徳四年五月四日死。五十三歳。

(2)拾芥抄に「百鬼夜行日、不ㇾ可(カラ)ニ夜行(ス)一。正二、子。三四、午。五六、巳。七八、戌。九十、未。十一十二、辰」とある。

(3)大宮通。大内裏の東端を南北に通じる通り。

(4)二条大宮にあったという。

(5)車の簾の内側にかける帷（垂れ布）。

(6)束帯の時右手に持つもの。

(7)榻。車をとめた時、その轅(ナガエ)を載せておく台。

(8)軛。車の両方の轅の端に横に付けた木。

て、尊勝陀羅尼[1]をいみじうよみたてまつらせ給ふ。うしをば、御くるまのかくれのかたにひきたてさせたまへり。さて時中(ときなか)[2]ばかりありてぞ、御すだれあげさせ給ひて、「いまは、うしかけてやれ」とおほせられけれど、つゆ御ともの人は心えざりけり。のち〳〵に、しか〴〵のことありしなど、さるべき人々にこそはしのびてかたり申させたまひけめど、さるめづらしきことはおのづからちり侍りけるにこそは。

元方民部卿[3]の御まごまうけのきみ[4]にておはするころ、みかど[5]の御庚申(かうしん)[6]せさせたまふに、この民部卿まゐり給へり。さらなり、九条殿さぶらはせ給ひて、人々あまたさぶらひたまひて攤(だ)[7]うたせたまふついでに、冷泉[8]院のはらまれおはしましたるほどにて、さらぬだに世人いかゞとおもひ申したるに、九条殿、「いで、こよひの攤つかうまつらん」とおほせらるゝまゝに、「このはらまれたまへるみこをとこにおはしますべくは、でう六[9]いでこ」とて、うたせ給へりけるに、たゞ一度にいでくるものか。ありとある人めをみかはしてめで感じもてはやしたまひ、御みづからもいみじとおぼしたりけるに、この民部卿の御けしきいとあしうなりて、い

(1) 仏頂尊勝陀羅尼経。陀羅尼は梵語のままで翻訳しないで読むもの。
(2) 半時（今の約一時間）。
(3) 参議菅根の子。藤原南家武智麿の後裔。
(4) 皇太子。ここは第一親王で皇太子になるべき方の意。
(5) 村上天皇。
(6) 庚申待の略。道家でいう人身にいる三尸(サンシ)が庚申の夜に人の睡眠に乗じてその罪を上帝に告げるのを防ぐため終夜眠らず、あそびごとなどをして明かすこと。
(7) 双六。
(8) 師輔の娘安子（村上天皇女御）の腹に。
(9) 重六。二箇のさいころの目が共に六であること。

ろもいとあをくこそなりたりけれ。さてのちに霊（れう）[1]にいでまして、「そのよやがて、むねに釘（くぎ）はうちてき」とこそ、のたまひけれ。おほかたこの九条殿、いとたゞ人にはおはしまさぬにや。おぼしめしよるゆくすゑの事なども、かなはぬはなくぞおはしましける。くちをしかりけることは、まだいとわかくおはしましけるとき、「ゆめに、朱雀門[2]のまへに、左右のあしをにし・ひんがしの大宮にさしやりて、きたむきにて内裏をいだき(て)たてりとなんみえつる」とおほせられけるを、御前になまさかしき女房のさぶらひけるが、「いかに御またいたくおはしましつらん」と申したりけるに御ゆめたがひて、かく子孫はさかえさせ給へど、摂政[3]・関白えしおはしまさずなりにしなり。又、御すゑにおもはずなることのうちまじり、帥殿[4]の御ことなども、かれがたがひたるゆゑに侍るめり。「いみじき吉相のゆめも、あしざまにあはせつれば、たがふ」と、むかしより申しつたへて侍る事なり。荒涼（くわうりやう）[5]して心しらざらむ人のまへにゆめがたりな、このきかせ給ふ人々、しおはしまされそ[6]。いまゆくすゑも九条殿の御すゑのみこそ、とにかくにつけて、ひろごりさかえさせたまはめ。

(1) 元方とその娘祐姫（村上天皇更衣。第一皇子広平親王母）は天暦七年に死に、その後物のけとなって冷泉院とその一統にたたったことは、栄花物語その他に見える。
(2) 宮城の南面の正門。
(3) 師輔は右大臣で死んだ。
(4) 伊周が太宰権帥に左遷された事件。伊周は師輔のひまご。
(5) 大ざっぱなこと・不用意なこと。
(6) 「おはします」に尊敬の「れ」（る）を添えるのは中古中期までの用例を知らない。

いとをかしきことは、かくやむごとなくおはしますとのの、貫之のぬしがいへにおはしましたりしこそ、「なほ和歌はめざましきことなりかし」と、おぼえ侍りしか。正月一日つけさせたまふべき魚袋(1)のそこなはれたりければ、つくろはせたまふほど、まづ貞信公(2)の御もとにまゐらせ給ひて、かう〳〵のことの侍れば、内に遅参のよしを申させたまひければ、おほきおとゞ(3)おどろかせたまひて、としごろもたせたまへりけるとりいでさせ給ひて、やがてあえもの(4)にもとて、たてまつらせたまふを、ことうるはしくまつのえだにつけさせたまへり。その御かしこまりのよろこ(5)びは、御心のおよばぬにしもおはしまさざらめど、「なほ貫之にめさむ(6)」とおぼしめして、わたりおはしましたるをまちうけまし(7)けんめいぼく、いかゞおろかなるべきな。

　ふくかぜにこほりとけたるいけのうをちよまでまつのかげにかくれん

集(8)にかきいれたる、ことわりなりかし。いにしへよりいまにかぎりもなくおはしますとのの(9)、たゞ冷泉院の御ありさまのみぞ、いとこゝろうく

(1)束帯の時革帯の右に付けるもの。

(2)藤原忠平。師輔の父。

(3)太政大臣忠平。

(4)あやかりもの。我にあやかるようにと祝福の意をこめて与えるもの。「あゆ」は似るの意。

(5)お礼。

(6)歌を召さむ。

(7)申し。

(8)自分の集。貫之集。

(9)「とのの」は「とのでありながら」の意とみてよいであろう。源氏物語、桐壺「国の親となりて、帝王の上なき位にのぼるべき相おはします人の(人デアリナガラ)、そなたにて見れば、乱れ憂ふることやあらむ。」

(1)四位・五位を極位とする軽い家柄。
(2)摂関・大臣家などの前駆や雑役などに。「つられ」は釣られての意かという。
(3)前つ君達。天皇の御前に伺候する人。ここは諸大夫。
(4)執念ぶかくついて。
(5)安和元年十月二十六日の事。師輔は八年前天徳四年に死んでいる。
(6)九条殿の亡霊が。
(7)侍のことば。
(8)一六ページ頭注(5)参照。

ゝちをしきことにてはおはします』といへば、さぶらひ、『されど、ことの例には、まづその御ときをこそはひかるめれ』といへば、『それは、いかでかはさらでは侍らん。そのみかどのいでおはしましたればこそ、この藤氏（とうし）のとのばらいまにさかえおはしませ。「さらざらましかば、このごろわづかにわれらも[1]諸大夫ばかりになりいでゝ、[2]ところどころの御前雑役（ごぜんざふやく）につられありきなまし」とこそ、入道殿はおほせられければ、源民部卿は、「さるかたちしたる[3]まうちぎみたちのさぶらはましかば、いかにみぐるしからまし」とぞ、わらひまうさせたまふなる。かゝれば、おほやけ・わたくし、その御ときのことをためしとせさせたまふ、ことわりなり。御もののけ[4]こはくていかゞとおぼしめしゝに、[5]大嘗会の御禊（ごけい）にこそ、いとうるはしくてわたらせたまひにしか。それは、人のめにあらはれで、[6]九条殿なん御うしろをいだきたてまつりて、御輿のうちにさぶらはせたまひけるとぞ、人申しし。げにうつゝにてもいとたゞ人とはみえさせたまはざりしかば、ましておはしまさぬあとには、さやうに御まぼりにてもそひまうさせ給ひつらん』[7]『さらば、元方卿・[8]桓筭供奉をぞおひのけさせたまふべきな』『[1]それは又しかるべきさきの御よの(御)むくひにこそおはしましけめ。[2]さるは、御心いとうるはしくて、よのまつりごとかしこくせさせ給ひつべかりしかば、世間(よのなか)にいみじうあたらしきことにぞ申すめりし。さて又、いまは故九条殿の御子どものかず、この冷泉院・円融院の御[3]母、[4]貞観殿の尚侍、[5]一条の摂政、[6]堀川殿、[7]大入道殿、忠君の兵衛督と六人は武蔵守従五位上経邦の[8]女(むすめ)のはらに[9]おはしまさふ。よの人「[10]女子(をんなご)」といふことは、この御事にや。おほかた、[11]御はらことなれど、男君達五人は太政大臣、[12]三人は摂政し給へり』

(1) 世次のことば。
(2) 「そうあるのは実は」の意で、「ほんとうをいえば」などの意となる。
(3) 安子。
(4) 登子。
(5) 伊尹。
(6) 兼通。
(7) 兼家。
(8) 盛子。
(9) 「おはしまし合ふ」の約。皆が……でいらっしゃる。
(10) 「子を持たば、女子」の意かという。
(11) 伊尹・兼通・兼家は経邦の娘腹。為光は雅子内親王腹。公季は康子内親王腹。
(12) 伊尹・兼通・兼家。

九　列伝　——伊尹——

一　太政大臣伊尹　謙徳公

『このおとゞは、一条摂政と申しき。これ、九条殿の一男におはします。いみじき御集[1]つくりて、とよかげ[2]となのらせたまへり。大臣になりさかえ給ひて三年、い[3]とわかくてうせおはしましたることは、九条殿の御遺言をたがへさせおはしましつるけとぞ、人申しける。されど、いかでかは、さらでもおはしまさん。御葬送の沙汰をむげに略定（りやくぢやう）にかきおかせたまへりければ、「いかでかいとさは」とて、例の作法におこなはせたまふとぞ。それは、ことわりの御しわざぞかし。たゞ御かたち・身のざえ、なに事もあまりすぐれさせたまへれば、御いのちのえとゝのはせたまはざりけるにこそ。（中略）

男君達は、代明親王（よあきらのみこ）の御女（むすめ）のはらに、先（さきの）少将挙賢（たかかた）・後（のちの）少将義孝とて、[4]はなをりたまひし君だちの、とのうせ給ひて三年ばかりありて、天延

(1) 歌集。「一条摂政集」として伝西行筆本が現存（益田家）している。
(2) 豊景(豊蔭)。この作中伊尹は大蔵史生とよかげという仮托の名を用いている。
(3) 天禄三年十一月一日死、四十九歳。
(4) 容姿や行動がうつくしく花やかであること。中古に用例がかなり見える。

二年甲戌(きのえいぬ)の年、疱瘡(もがさ)おこりたるにわづらひたまひて、前少将はあしたにうせ、後少将はゆふべにかくれたまひにしぞかし。一日(ひとひ)がうちに二人の子をうしなひたまへりし母北方の御心地、いかなりけん、いとこそかなしくうけたまはりしか。か[1]の後少将はよしたかとぞきこえし。御かたちいとめでたくおはし、としごろきはめたる道心者にぞおはしける。やまひおもくなるまゝに、いくべくもおぼえたまはざりければ、はゝうへに申したまひけるやう、「おのれしにはべりぬとも、とかくれ[2]いのやうにせさせたまふな。しばし法華経誦(ず)じたてまつらんの本意(ほい)侍れば、かならずかへりまうでくべし」との給ひて、[3]方便品をよみたてまつりたまうてぞうせたまひける。その遺言を母北方わすれたまふべきにはあらねども、物もおぼえでおはしければ おもふに人のしたてまつりてけるにや、[4]まくらがへしなにやと、れいのやうなるありさまどもにしてければ、えかへりたまはずなりにけり。のちにはゝきたのかたの御ゆめにみえたまへる、

[5]しかばかりちぎりしものをわたりがはかへるほどにはわするべしやは

とぞよみたまひける、いかにくやしくおぼしけんな。さてのちほどへ

(1)この一文からみれば、まえの「先少将挙賢・後少将義孝」のうち「挙賢・義孝」は、後人の注記が竄入(ザンニュウ)したものであろう。

(2)死人を扱う常の作法のように。

(3)法華経二十八品中の第二品。

(4)死者の枕を北にすること。

(5)後拾遺集、哀傷にみえる。わたり川は、三途の川。

て、賀縁[1]阿闍梨とまうす僧のゆめに、この君だち二人おはしけるが、あに前少将いたうものおもへるさまにて、この後少将はいと心地よげなるさまにておはしければ、阿闍梨、「君ぞ[2]、こは、など心地よげにてはおはする。母上は、君をこそ、あにぎみよりはいみじうこひきこえ給ふめれ」ときこえければ、いと[3]あたはぬさまのけしきにて、

しぐれ[4]とははちすのはなぞちりまがふなにふるさとにたもとぬるらん

など、うちよみたまひける。さてのちに、小野宮[5]の実資（さねすけ）のおとゞの御ゆめに、おもしろき[6]はなのかげにおはしけるを、うつゝにもかたらひたまひし御なかにて、「いかでかくは。いづくにか」と、めづらしがり申したまうければ、その御いらへに、

昔ハ契リキ蓬萊宮裏ノ月ニ、今ハ遊ブ極楽界中ノ風ニ

とぞのたまひけるは、極楽にむまれたまへるにぞあなる。かやうにもゆめなどしめ[7]いたまはずとも、この人の御往生、うたがひ申すべきならず。よのつねのきんだちなどのやうに内（うち）わたりなどにておのづから女房

(1)伝未詳。

(2)東松本（底本）に「そこ」に見せ消ちのしるしがつけられているのを生かしてよんだが「ぞ」を係助詞とすると、下に「など」があるので「おはする」で結んだものとみるわけにはいかない。終助詞でよびかけ的にみるのも苦しいし、なお疑いは多い。「阿闍梨君ぞ「こは……」とよめば、いちおう通じる。

(3)「あたふ」は「あた（当）る」と同源とみて、「ぴったり合う・合点がゆく」などの意と解けようか。竹取物語「罪の限り果てぬれば、かく迎ふる、翁は泣きなげく。あたはぬ事なり（合点ノユカヌコトダ。理ニアワナイコトダ）。はや返し奉れ」

(4)後拾遺集、哀傷にみえる。

(5)小野宮は、大炊御門の南、烏丸の西にあり、もと惟喬親王の家。実資の先祖が伝領していた。

(6)「おもしろし」は「おもて白し」で、中古のことばとしては、明るく晴れやかだの意とみるべきようである。

(7)「しめし」の音便。

とかたらひはかなきことをだにのたまはせざりけるに、いかなるをりにかありけん、[1]細殿(ほそどの)にたちより給へれば、れいならずめづらしう、ものがたりきこえさせけるが、やう〳〵夜中などにもなりやしぬらんとおもふほどにたちのきたまふを、「いづかたへか」とゆかしうて、人をつけたてまつりてみせければ、北陣よりいでたまふほどより、法華経をいみじうたふとく誦じたまふ。[2]大宮のぼりにおはして、世尊寺へおはしましつきぬ。なほみれば、[3]ひんがしのたいのつまなる紅梅のいみじくさかりにさきたるしたにたゝせ給ひて、「[4]滅罪生善、往生極楽」といふ[5]ぬかを、にしにむきて、あまたたびつかせたまひけり。かへりて御ありさまかたりければ、いと〳〵あはれにきゝたてまつらぬ人なし。[6]このおきなも、そのころ、大宮なるところにやどりて侍りしかば、御こゝろにこそおどろきて、(いと)いみじううけたまはりしか。おきいでゝみたてまつりしかば、そらはかすみわたりたるに、月はいみじうあかくて、御直衣(なほし)のいとしろきに、[7]こきさしぬきに、よいほどに御[8]くゝりあげて、なにいろにかいろある御ぞどもの、[9]ゆたちよりおほくこぼれいでゝ侍りし御やうたい

(1)細殿（弘徽殿・登華殿の細殿などがある）の女官の局。
(2)大宮通を北へ。
(3)東の対の屋の端にある。
(4)礼拝の文句。「南無西方極楽阿弥陀仏、命終決定、往生極楽」(今昔物語集、巻一五)。
(5)額をつく。礼拝する。
(6)世次。
(7)濃紫の指貫の袴をはき。
(8)袴の裾のくくり。
(9)弓裁。直衣の左の袖付を前肩から袂まで縫わずにあけてある所。

などよ。御かほのいろ月かげにはえていとしろくみえさせ給ひしに、び[1]んぐきのけちえん[2]にめでたくこそまことにおはしましゝか。やがてみつ[3]ぎみつぎに御ともにまゐりて、御ぬかつかせたまひしも、みたてまつり侍りき。いとかなしうあはれにこそ侍りしか。御ともには、わらは一人ぞさぶらふめりし。

又、殿上[4]の逍遥侍りしとき、さらなり、こと人はみなこゝろ〴〵にか[5]りしやうぞくめでたうせられたりけるに、このとのは、いたうまたれたまひて、しろき御ぞどもに、香染[6]（かうぞめ）の御かりぎぬ、うす[7]いろの御さしぬき、いとはなやかならぬあはひにてさしいでたまへりけるこそ、なか〳〵に、心をつくしたる人よりはいみじうおはしましけれ。つねの御ことなれば、法華経御くちにつぶやきて、紫檀のずゞの、水精[8]（すゐさう）の装束したるひきかくしてもちたまひける御ようい などの、いうにこそおはしましけれ。おほかた一生精進をはじめたまへる、まづありがたき事ぞかし。なほ〳〵おなじことのやうにおぼえ侍れど、いみじうみ給へきゝおきつることは、まうさまほしう。このとのは、おほんかたちのありがたく、するのよに

(1) 鬢の毛筋。
(2) 掲焉。
(3) 見失なわないように、後について見おくり見おくり行くのをいうといわれる。
(4) 殿上人が（景色などを見て）遊び歩くこと。
(5) 狩装束。
(6) 黄味を帯びた薄紅色。丁字（チョウジ）を濃く煮出した汁で染める。
(7) 薄紫色。
(8) 水晶の球を飾り玉としたのを。

もさる人やいでおはしましがたからんとまでこそ（みたまへしか）。ゆきのいみじうふりたりし日、一[1]条左大臣どのにまゐらせたまひて、御まへのむめの木にゆきのいたうつもりたるををりて、うちふらせたまへりしかば、御うへにはら〳〵とかゝりたりしが、御なほしのうらのはなだ[2]なりければ、かへりて[3]いとまだらになりて侍りしにもてはやされさせたまへりし御かたちこそ、いとめでたくおはしましゝか。

御[4]あにの少将も、いとよくおはしましき。このおとゝどのはかくあまりにうるはしくおはせしをもどきて、すこし勇幹（ようかん）[5]に[6]あしき人にてぞおはせし。そのよしたかの少将、桃園[7]の源中納言保光卿女の御はらにむませたまへりしきみぞかし、いまの侍従[8]大納言行成卿、世のてかきとのゝし[9]りたまふは。この[10]との御男子（をのこご）、たゞいまの但馬守実経のきみ・尾張守良経のきみ、二人は泰[11]清の三位の女（むすめ）のはらなり、むかひばらの少将行経のきみなり。女[12]君は、入道殿の御子の、高松ばらの権中納言殿の北方にておはせしひめぎみ、うせ給ひにきかし、又、いまの丹波守経頼[13]のきみのきたのかたにておはす。又、おほひめぎみおはしますとか。

(1) 雅信。
(2) はなだ色（浅黄のややうすい色）。
(3) 「裏返って」の意か。
(4) 挙賢。
(5) 粗暴で。
(6) 荒っぽくつよい。
(7) 保光は醍醐天皇の皇子の代明親王の子。
(8) 侍従兼大納言。ただし、公卿補任によれば行成は長保三年三十歳で参議となり侍従を兼ねて以来、本官が昇進しても引きつゞいて侍従を兼ねていたが、寛仁三年四十八歳権中納言兼侍従から、権中納言兼大宰権帥にうつり「止二侍従一」とある。（しかしその翌四年には、なお「大宰権帥侍従」「任権大納言」とあるのは、どういうことか。）寛仁五年以後は本官の「権大納言」のみ見え、万寿三年五十五歳にいたって「兼按察使」、翌四年「兼按察使」のままで死んでいる。従って、侍従大納言は、長らく侍従であった行成について世で言いならわした通称なのであろう。
(9) 「のゝしる」は大声でさわぐ意であるが、「評判が高い状態にある」の意にも転用されたらしい。大和物語「（国経ノ母ハ）その後左大臣（時平）の北方にてのゝしり給ひける時」、源氏、若紫「この世にのゝしり給ふ光源氏、かゝるついでに見奉り給はむや」
(10) 「この殿の御男子は、実経の君と良経の君―この二人は泰清の娘の腹である―および嫡妻腹の行経である」という文脈と解すべきであろう。
(11) 源泰清。醍醐天皇の皇子の有明親王の子。
(12) 女君は、道長の御子で道長の側室高松殿（源高明のむすめ明子）腹の長家の北方でいらっしゃった姫君、それはお亡くなりになってしまった、又もう一人は、経頼の北の方でいらっしゃる。
(13) 源雅信の孫。

この侍従大納言殿こそ、備後介[1]とてまだ地下[2]におはせしとき蔵人頭[3]になりたまへる、例いとめづらしきことよな。そのころは、源民部卿殿は職事[4]にておはしますに、上達部になりたまふべければ、一条院、「このつぎには又たれかなるべき」ととはせたまひければ、「行成なんまかりなるべき人に候ふ」と奏せさせたまひけるを、「地下のものはいかゞあるべからん」とのたまはせければ、「いとやむごとなきものにさぶらふ[5]。地下などおぼしめしはゞからせ給ふまじ。ゆくすゑにもおほやけになにごとにもつかうまつらんにたへたるものになん。かうやうなる人を御覧じわかぬは、よのためあしき事にはべり。善悪をわきまへおはしませばこそ、人もこゝろづかひはつかうまつれ。このきはになさせたまはざらんは、いとくちをしきことにこそさぶらはめ」と申させ[6]給ひければ、道理のこととはいひながら、なりたまひにしぞかし。おほかたむかしは、前の頭の挙によりて、のちの頭はなることにて侍りしなり。されば、殿上に、「我なるべし」などおもうたまへりける人、こよひときゝて、まゐりたまへるに、いづこもと[7]ゝかにさしあひたまへりけるを、「たれぞ」

(1)永祚二年正月二十九日備後権介。
(2)清涼殿に昇殿することを許されない六位以下の者。
(3)蔵人所の総裁たる別当の次で、蔵人の上の地位。行成は長徳元年八月二十九日蔵人頭となる。
(4)蔵人所の頭をもふくめて、蔵人全体をいう語であるが、ここでは頭をさす。
(5)すておきがたい。
(6)この「申させ」は「申す」をさらに謙譲した語であろう。
(7)「どこかのあたりで」の意か。

ととひたまひければ、御なのりし給ひて、「頭になしたびたれば、まゐりて侍るなり」とあるに、あさましとあきれてこそ、うごきもせでたちたまひたりけれ。げにおもひかけぬ(事なれば)、道理なりや。おほかたこの御ぞうの、頭あらそひに[1]かたきをつきたまへば、これもいかゞおはす(べか)らん。みな人しろしめしたる事なれど、[2]朝成(あさひら)の中納言と一条摂政とおなじをりの殿上人にて、しなのほどこそ一条殿にひとしからねど、みのざえ・[3]人おぼえやむごとなき人なりければ、頭になるべき次第いたりたるに、又この一条殿、さらなり、道理の人にておはしけるを、この朝成の君申したまひけるやう、「殿はならせたまはずとも、[4]人わろくおもひ申すべきにあらず。のち／＼にも御心にまかせさせ給へり。おのれは、このたびまかりはづれなば、いみじうからかるべきことにてなん侍るべきを、このたび[5]申させ給はで侍りなんや」と申したまひければ、「こゝにも、さおもふ事なり。さらば[6]さり申さじ」とのたまふを、いとうれしとおもはれけるに、いかにおぼしなりにけることにか、やがてとひごともなく、なり給ひにければ、「かくはかりたまふべしやは」と、

(1)「敵をもっていられるから」の意であろう。

(2)藤原高藤の孫。定方の子。

(3)「ひとおぼえ」とよんで「人のおぼえ」と同じ意なのであろう。

(4)「あなたが体裁わるくお感じになるように(世間で)お思い申し上げるはずはない」の意か、あるいは「世人があなたを劣っているとお思い申し上げるはずはない」の意か。

(5)「任官を御願い申し上げなさらないで下さいませんか」の意であろう。「侍り」は対話敬語(言い方をていねいにするもの)であろう。

(6)「さり」は「さは」の誤か。「さり申さむ」とする伝本もあるが、意改(意味をとって改めたもの)の疑もある。

いみじう心やましとおもひ申されけるほどに、御中よからぬやうにてすぎ給ふほどに、この一条殿の御つかまつり人とかやのためになめき事[1]したうびたりけるを、「ほいなしなどばかりは思ふとも、いかに、ことにふれて、我などをばかくなめげにもてなすぞ」とむづかりたまふとき〻て、[2]あやまたぬよしも申さんとて、まゐられたりけるに、はやう[3]の人は、われよりたかき所にまうで〻は、「こなたへ」となきかぎりは、うへにものぼらで、しもにたてることになんありけるを、これは六七月のいとあつくたへがたきころ、かくと申させて、いまやいまやと、中門[4]にたちてまつほどに、にし日もさしか〻りて、あつくたへがたしとはおろかなり、心地もそこなはれぬべきに、「はや[5]うこのとのは、われをあぶりころさんとおぼすにこそありけれ。やくなくもまゐりにけるかな」とおもふに、すべて悪心[6]おこるとは、おろかなり。よるになるほどに、さてあるべきならねば、笏（さく）をおさへてたちければ、はたらと[7]をれけるは、いかばかりの心をおこされにけるにか。さていへにかへりて、「このぞう、ながくた〻む。もし男子（をのこご）も女子（をんなご）もありとも、はか〴〵しくてはあらせ

(1) 朝成が無礼な事をなさった。
(2) 自分には過失がない。
(3) 「昔の人は」（近頃の人に対していう）の意か。「さやうの人は」とする伝本もあるが、やはり意改のおそれがある。
(4) 総門と寝殿との中間にある門。
(5) はやくから・もともと。
(6) 憎悪の悪念が。
(7) ぱたりと。あるいは「はたう」（ぱたん）の誤写か。

じ。あはれといふ人もあらば、それをもうらみん」などちかひてうせ給ひにければ、代々[1]の御悪霊とこそはなりたまひたれ。

されば、ましてこの殿[2]ちかく[3]おはしませば、いとおそろし。殿[4]の御ゆめに、南殿（なでん）[5]の御後（うしろ）、かならず人のまゐるにとほる所よな、そこに人のたちたるを、たれぞとみれど、かほはとの[6]かみにかくれたれば、よくもみえず、あやしくて、「たそ〳〵」と、あまたたびとはれて、「朝成に侍り」といらふるに、ゆめのうちにもいとおそろしけれど、念じて、「などかくてはたちたまひたるぞ」ととひたまひければ、「頭弁[7]のまゐらるゝをまち侍るなり」といふとみたまうて、おどろき[8]て、「けふは公事ある日なれば、とくまゐらるらん。不便なるわざかな」とて、「ゆめにみえ[9]たまへることあり。けふは、御[10]やまひ申しなどもして、ものいみかたくして、なにかまゐりたまふ。こまかにはみづから」とかきて、いそぎたてまつりたまへど、ちがひて、いととくまゐりたまひにけり。まもり[11]のこはくやおはしけん、れいのやうにはあらで、[12]北陣より藤壺・後涼殿のはざまよりとほりて、殿上にまゐり給へるに、「こはいかに。御消息た

(1) 一条家代々にたたる。
(2) 行成。
(3) 伊尹の孫で血統が近く。
(4) 道長。
(5) 紫宸殿。その後は紫宸殿と仁寿殿との間で、露台のある所。
(6) 戸（紫宸殿の北面にある妻戸）の上。
(7) 行成。蔵人頭で弁官をかねたものを頭弁という。行成は長徳二年二十五歳から長保三年三十歳までその官にあった。
(8) 目がさめて。
(9) 「みえたまへる」の主語にあたるものは「（あなたの）こと」か、あるいは「あなた」か。
(10) 病気である旨を申し上げる届け。
(11) 神仏の加護。
(12) 朔平門から入り、藤壺（飛香舎）と後涼殿（清涼殿の西）の間を通って。

てまつりつるは、御覧ぜざりつるか。かゝるゆめをなむみ侍りつるは」[1]て[2]をはたとうちて、「いかにぞ」とこまかにもとひまうさせたまはず、又ふたつもののたまはで、いでたまひにけり。さて御いのりなどして、しばしはうちへもまゐりたまはざりけり。このもの[3]ゝけの家は、三条よりはきた、西洞院よりはにしなり。いまに一条殿の御[4]ぞうにあ[5]からさまにもいらぬところなり。

　この大納言殿、よろづにとゝのひたまへるに、和歌のかたやすこしおくれたまへりけん。殿上に歌[6]論議といふ事いできて、そのみちの人々、いかゞ問答すべきなど、歌の学問よりほかのこともなきに、この大納言殿はものものたまはざりければ、いかなることぞとて、なにがしのとのゝ、「『[7]なにはづにさくやこのはなふゆごもり』いかに」ときこえさせたまひければ、とばかりものものたまはで、いみじうおぼしあんずるさまにもてなして、「えしらず」とこたへさせたまへりけるに、人々わらひて、事さめ侍りにけり。

　すこしいたらぬことにも、御[8]たましひのふかくおはして、らう[9]〳〵じ

(1) 次に「と道長がいうと」にあたるようなことばが脱したか。
(2) 手をうつのは嫌悪呪詛などのきもちのあらわれといわれる。
(3) 朝成の家。
(4) 「御一族においては」の意か。あるいは「に」は衍（エン）字か。
(5) かりそめにも。
(6) 方を分けて歌について問答し議論を闘わすこと。
(7) 下句は「今ははるべと咲くやこの花」（古今、仮名序）。当時、子どもが手習のはじめに用いた歌。
(8) 才智。
(9) 巧者に。

うしなしたまひける御根性にて、みかど[1]をさなくおはしまして、人々に、「あそびものどもまゐらせよ」とおほせられければ、さま〴〵こがね・しろがねなどこゝろをつくして、いかなることをがなと風流[2]をしいでて、もてまゐりあひたるに、このとのは、こまつぶり[3]にむらごの[4]をつけて、たてまつりたまへりければ、「あやしのものゝさまや。こはなにぞ」ととはせたまうければ、しか〴〵のものになんと申す。「まはして御らんじおはしませ。きようあるものになん」と申されければ、南殿にいでさせおはしまして、まはさせたまふに、いとひろき殿のうちにのこらずくるべきあるけば、いみじうきようぜさせたまひて、これをのみつねに御覧じあそばせたまへば、こと物どもはこめられにけり。又、殿上人あふぎどもしてまゐらするに、こと人人は、ほねにまきゑをし、あるは金・銀・沈・紫檀のほねになん筋をいれ、ほり物をし、えもいはぬかみどもに、人のなべてしらぬ歌や詩や、又六十余国のうたまくらに名あがりたるところどころなどをかきつゝ、人々まゐらするに、例の[5]この殿は、ほねのうるしばかりをかしげにぬりて、黄[6]なるからかみの、したゑほのか

(1) 後一条天皇。
(2) 意匠をこらして。
(3) 独楽(コマ)。
(4) 斑濃の緒。
(5) 「例の」は「例によって」の意の慣用語。
(6) 黄蘗(オウバク)の煮汁で染めた中国渡来の紙。またはそれをまねて作った紙。

にをかしきほどなる、におもてのかたには楽府（がふ）(1)をうるはしく真(2)にかき、うらには御筆とゞめて草（さう）(3)にめでたくかきて、たてまつりたまへりければ、うちかへしうちかへし御覧じて、御てばこにいれさせたまうて、いみじき御たからとおぼしめしたりければ、ことあふぎどもは、たゞ御らんじ興ずるばかりにてやみにけり。いづれも〳〵、帝王の御感侍るにますことやはあるべきよな。

いみじき秀句（すく）のたまへる人なり。このかや院(4)どのにてくらべむま(5)ある日、つゞみ(6)は讃岐前司明理（あきまさ）ぞうちたまひし。一番にはなにがし、二番にはかゞしなどいひしかど、その名こそおぼえね(7)。かつべきかたのつゞみをあしううちさげて(8)、まけになりにければ、その随身の、やがてむまのうへにて、ないはら(9)をたちて、みかへるまゝに、「あなわざはひや。かばかりの事をだにしそこなひたまふよ。かゝれば、『明理（あきまさ）・行成（ゆきなり）』と一（いっ）雙（さう）にいはれたまひしかども、一大納言（いちのだいなごん）にていとやんごとなくてさぶらはせたまふに、くさりたる讃岐前司ふる受領のつゞみうちそこなひて、たちたうびたるぞかし」と放言（はうごん）したいまつりけるを、大納言殿きかせ給ひ

(1) 漢詩の古体の一。ここは新楽府。
(2) 楷書。
(3) 草書。
(4) 高陽院。頼通の邸。
(5) 万寿元年九月十九日。
(6) 合図のつゞみ。
(7) 頭に浮かんできません。
(8) 「まちがって調子を下げてうって」の意か。あるいは「まちがって時間をおくらせてうって」の意か。
(9) 泣き腹。

て、「明理のらんかう[1]に行成がしこな[2]よぶべきにあらず。[3]いとからいことなり」とて、わらはせたまひければ、人々、「いみじうのたまはせたり」とて、興じたてまつりて、そのころのいひごとにこそし侍りしか。

（中略）

花山院の[4]、御出家のほいあり、いみじうおこなはせ給ひ、修行せさせ給はぬところなし。されば、熊野道に千里(ちさと)[5]の浜といふところにて、御心地そこなはせたまへれば、はまづらにいしのあるを御まくらにて、御(おん)とのごもりたるに、いとちかくあま[6]のしほやくけぶりのたちのぼる心ぼそさ、げにいかにあはれにおぼされけんな。

たびのそらよはのけぶりとのぼりなばあまのもしほ火たくかとやみん

かゝるほどに、御験(げん)いみじうつかせたまひて、中堂[7]にのぼらせたまへるよ、験くらべしけるを、こゝろみんとおぼしめして、御心のうちに念じおはしましければ、護法[8]つきたるほふし、おはします御屏風のつらにひきつけられて、ふつとうごきもせず、あまりひさしくなれば、いまは

(1)濫行。
(2)醜名。
(3)どこが秀句なのか、よくわからない。あるいはとんだ引合いに出されたものだ、というだけのことか。関根正直氏の新註では「アキノリランギョウユキナリシュウミョウ」と対にしていったのをいうか、とされる。
(4)「の」は解しにくい。あるいは「御出家のほいあり、いみじうおこなはせ給ひ」は挿入句で、「花山院の」は「修行せさせ給はぬところなし」につゞくか。
(5)和歌山県日高郡岩代付近の海岸といわれる。
(6)海人。漁夫。
(7)比叡山の根本中堂。「よ」は夜。
(8)護法童子（仏法守護のために使役される童子姿の鬼神）のついている僧。

（とて）ゆるさせ給ふをりぞ、つけつる僧どものがりをどりいぬるを、[1]「はやう院の御護法のひきとるにこそありけれ」と、人々あはれにみたてまつる。それ、さることに侍り。験[2]もしなによることなれば、いみじきおこなひ人なりとも、いかでかなずらひ[3]申さん。前生（ぜんしやう）[4]の御戒力に、又国王のくらゐをすてたまへる出家の御功徳、かぎりなき御ことにこそおはしますらめ。ゆく[5]すゑまでも、さばかりならせ給ひなん御こゝろには、け[6]だいせさせ給ふべきことかはな。

それ[7]に、いとあやしくならせ給ひにし御心あやまちも、たゞ御物[8]のけのしたてまつりぬるにこそははべ(め)りしか。なかにも冷泉院の、南の院におはしましゝとき、焼亡（せうまう）[9]ありしよ、御とぶらひにまゐらせたまへりしありさまこそ、ふしぎにさぶらひしか。御おやの院は、御くるまにて二条町尻のつじにたゝせたまへり。この院は、御むまにて、いたゞきに鏡いれたるかさ頭光（づくわう）[10]にたて[11]まつりて、「いづくにかおはします、いづくにかおはします」と、御てづから人ごとにたづね申させたまへば、「そこ〳〵になん」ときかせ給ひて、おはしましどころへちかくおりさせ給ひ

(1) ずっとまえに。もともと。
(2) 身分。
(3) 院にお比べ申し上げられようか。
(4) 前世の十善の戒行により国王の位に即かれた上に。
(5) 「ゆくすゑまでも」は「けだいせさせ云々」につづく。
(6) 懈怠。
(7) 「それなのに」の意。中古中期までには用例はみえないようである。
(8) 元方などの。
(9) 火事のあった夜。寛弘三年十月五日。
(10) 仏像の光背後光をいうが転じて笠をうしろにふかく傾けて（後光のようにして）かぶる、つまり、あみだにかぶることをいう。
(11) お召しになって。「たてまつる」は尊貴の人が、「乗る・着る」などの意にも用いられる。

ぬ。[1]御むまのむちかひなにいれて、御くるまのまへに、御そでうちあはせて、いみじうつき〴〵しうゐさせ給へりしは、[2]さる事やは侍りしとよ。それに又、冷泉院の、御くるまのうちより、たかやかに[3]神楽（かぐら）うたをうたはせたまひしは、さま〴〵けうあることをもみきくかなと、おぼえ候ひし。[4]あきのぶのぬしの、「庭火いとまうなりや」とのたまへりける(に)こそ、万人えたへず、わらひたまひにけれ。

[5]あて又、花山院の、ひとゝせ、[6]まつりのかへさ御覧ぜし御ありさまは、たれもみたてまつりたまうけんな。[7]まへの日事いださせたまへりしたびのことぞかし。さることあらんまたの日は、なほ御ありきなどなくてもあるべきに、いみじき一のものども、[8]高帽頼勢（かうばうらいせい）をはじめとして、御くるまのしりにおほくうちむれまゐりしけしきども、いへばおろかなり。なによりも、御ずゞのいと興ありしなり。ちひさき[9]甘子（かんじ）をおほかたのたまにはつらぬかせ給ひて、[10]だつまには大甘子をしたる御ずゞ、いとながく御さしぬきにぐしていださせたまへりしは、さるみものやはさぶらひしな。紫野にて、人々御くるまにめをつけたてまつりたりしに、[11]検非

(1)「むちをかいな（ひじと肩とまでの間）にはさんで」「むちのうでぬきのひもをうでにかけて」の両説がある。
(2)「そんな事って今までございましたことか。前代未聞のことでしたよ。」の意であろう。
(3)内侍所の御神楽の儀のときにうたう歌。
(4)高階明順。従二位成忠の子。但馬守。
(5)「あて」は本書に数例みえるが、「さて」と同義かといわれる。たゞし他書にも用例を見出し得ないので、確かではない。
(6)斎院が神館から紫野の御所におかえりになる道中の行列。
(7)還立の前日で、賀茂祭の当日。長徳三年四月十六日。花山院の従者数十人が公任・斉信同車の車に狼藉した事件。
(8)いつも高い帽子をかぶっていたためのあだ名であろうといわれる。頼勢は荒僧の名であろう。
(9)柑子。
(10)達磨。数珠のとめの大珠。
(11)宮中の非法の検察その他秩序の維持をつかさどる職。

違使まゐりて、きのふこといだしたりしわらはべとらふべしといふこと、いできにけるものか。[1]このごろの権大納言殿、まだそのをりはわかくおはしましゝほどぞかし、人はしらせて、「かう〳〵のことさぶらふ。とくかへらせたまひね」と申させたまへりしかば、そこらさぶらひつるものども、くものこを風のふきはらふごとくに、にげぬれば、たゞ御くるまぞひのかぎりにてやらせて、ものみぐるまのうしろのかたよりおはしましゝこそ、さすがにいとほしくかたじけなくおぼえおはしましゝか。さて検非違使[2]つきやいといみじうからうせめられ給ひて、太上(だじやう)天皇の御なはくたさせたまひてき。かゝればこそ、民部卿殿の御[3]いひごとは、げにとおぼゆれ。

さすがに、あそばしたる和歌は、いづれも人のくちにのらぬなく、優にこそうけたまはれな。「[4]ほかの月をもみてしがな」などは、この御ありさまにおぼしめしよりけることともおぼえず、心ぐるしうこそさぶらへ。あて又、冷泉院に筍(たかんな)[5]たてまつらせたまへるをりは、

[6]よのなかにふるかひもなきたけのこは我へんとしをたてまつるなり

(1)花山院と行成とは従兄弟。
(2)「検非違使が院に監視についたりして」の意という。
(3)言い草。俊賢は「冷泉院のくるひよりは、花山院のくるひはずちなきものなれ」と放言したことがあった。
(4)詞花集、雑上、題しらず、花山院御製、「こころみにほかの月をも見てしがなわが宿がらのあはれなるかと」
(5)たけのこ。竹は長寿のもの。
(6)この歌と次の御返しとは、詞花集、雑上に見える。「よ」は竹の縁語。

御かへし、

としへぬるたけのよはひをかへしても[1]このよをながくなさんとぞおもふ

かたじけなくおほせられたり」と、[2]御集に侍るこそあはれに候へ。まことに、さる御心にも[3]いはひ申さんとおぼしめしけるかなしさよ。

この花山院は、[4]風流者（ふりうざ）にさへおはしましけるこそ。御所つくらせたまへりしさまなどよ。御車やどりには、いたじきをおくにはたかく、はしはさがりて、おほきなる[5]つまどをせさせ給へる、ゆゑは、御くるまの装束をさながらたてさせたまひて、おのづからとみのことのをりに、とりあへずとおしひらかば、から〳〵と、人もてもふれぬさきにさしいださんがれうと、おもしろくおぼしめしよりたる事ぞかし。御調度どもなどの[6]けうらさこそ、えもいはず侍りけれ。[7]六宮のたえいりたまへりし御[8]誦経にせられたりし御硯のはこ、[9]みたまへき。[10]海賦（かいぶ）に蓬萊山・[11]手長・足長・[12]金（こがね）してまかせたまへりし、かばかりのはこのうるしつき・まきゑのさま・[13]くちおかれたりしやうなどの、いとめでたかりしなり。又、こだち

(1)「此の」に「子の」をかける。
(2)花山院の歌集。
(3)幸をいのる。
(4)考案に巧みな者。
(5)両びらきの戸。
(6)「きよら」のなまったものといわれるが、「うららか」の「うら」に接頭語の「け」が添った語とする説もある。
(7)清仁親王。花山院皇子。御出家後の御子であったから冷泉院第六皇子として親王宣下があった。
(8)誦経の布施にすること。源氏物語にも用例が見える。
(9)拝見させていただきました。
(10)海辺の景を図案化した模様。
(11)山海経に見える架空の人物。
(12)金蒔絵。
(13)縁金。

つくらせたまへりしをりは、「さくら(の)はなは優なるに、えだざしのこは〲しく、もとのやうなどもにくし。(こ)ずゑばかりをみるなんをかしき」とて、中門より[1]とにうゑさせ給へる、なによりもいみじくおぼしよりたりと、人は感じ申しき。又、なでしこのたねを[2]ついひぢのうへにまかせたまへりければ、思ひがけぬ四方に、いろ〱の[3]からにしきをひきかけたるやうにさきたりしなどをみたまへしは、いかにめでたく侍りしかは。入道殿[4]競馬(くらべうま)せさせ給ひしひ、[5]むかへ申させ給ひけるに、わたりおはします日の御よそひは、さらなり、おろかなるべきにもあらねど、それにつけても、まことに御くるまのさまこそ、またよにたぐひなくさぶらひしか。御沓(くつ)にいたるまで、たゞ、人のみものになるばかりこそ、のちにはもてありくとうけたまはりしか。[6]あて御ゑあそばしたりし、輿あり。さは、はしりぐるまのわには、うすゞみにぬらせたまひて、おほきさのほど、[7]やなどのしるしには、すみを[8]にほはさせ給へりし、げにかくこそかくべかりけれ。あまりにはしるくるまは、いつかはくろさのほどやはみえ侍る。又、笋のかはををとこの、およびごとにいれて、[9]めかゝ

(1) 外側に。
(2) 築泥(ツキヒヂ)。土塀。
(3) 唐錦（蜀江の錦の類)。
(4) 寛弘元年五月二十七日。
(5) 花山院を御招待申し上げなさったところが。
(6) 「御あて絵」と解くのには無理があろう。「あて」を「さて」と解く説に、しばらく従う。
(7) こしきから車輪の輪に向ってでている放射線状の細長い棒を「や（幅）」という。
(8) 「にほはす」は四段動詞。「ぼかす」意であろう。
(9) べっかんこう。語源不明。上の「め」は「目」であろう。あるいは「目赤ぅ」のなまりか。

(1) 絵。
(2) 金持。

うして、児(ちご)をおどせば、かほをあかめて、ゆゝしうおぢたるかた[1]、叉徳(とく)[2]人(にん)・たよりなしのいへのうちの作法などかゝせたまへりしが、いづれもいづれも、さぞありけんとのみ、あさましうこそさぶらひしか。このなかに、御覧じたる人もやおはしますらん』

一〇　列伝　——為光——

一　太政大臣為光　恒徳公

『このおとゞはこれ九条殿[1]の御九郎君、大臣のくらゐにて七年、法住寺[2]のおとゞときこえさす。御男子七人・女君五人おはしき。(をんな)二所は佐理(すけまさ)の兵部卿の御いもうとのはら、いま三所は一条摂政の御むすめのはらにおはします。をとこ君達の御母、みなあかれあかれにおはしましき。女君ひとところ、花山院の御時の女御。いみじうときにおはせしほどに、うせたまひにき。いまひとところも、入道中納言[4]のきたのかたにて、うせ給ひにき。をとこぎみ、太郎は、左衛門督ときこえさせし。悪心[5]おこしてうせ給ひにしありさまは、いとあさましかりしことぞかし。人にこえられからいめみることは、さのみこそおはしあるわざなるを、さるべきにこそはありけめ。おなじ宰相[6]におはすれど、弟殿[7]には人がら・世おぼえのおとり給へればにや、中納言あくきはに、我もならんなど

(1)師輔。
(2)為光の建立した寺。現在の三十三間堂の近くにあった。
(3)誠信(サネノブ)・斉信・道信・公信・長信・尋覚・良光・
怟子・義懐室・雅信室・道長妾・隆家室、此外女子二人(尊卑分脈による。)
(4)義懐。
(5)人にたたりをしようとする心。
(6)参議。
(7)斉信。

おぼして、わざとたいめむしたまひて、「このたびの中納言のぞみ申し給ふな。こゝに申し侍るべきなり」ときこえ給ひければ、「いかでか殿の御さきにはまかりなり侍らん。ましてかくおほせられんには、あるべきことならず」と申し給ひければ、御心ゆきて、しかおぼして、いみじう申し給ふにおよばぬほど[1]にやおはしけん、入道殿この弟殿に、「そこは申されぬか」とのたまはせければ、「左衛門督の申さるれば、いかゞは」と、しぶ〳〵げに申し給ひけるに、「かの左衛門督は、えなられじ。又[2]そこにさられば、こと人こそはなるべか[3]なれ」とのたまはせければ、「かの左衛門督まかりなるまじくは、よしなし。なしたぶべきなり」と申したまへば、又「かくあらんには、こと人はいかでか」とて、なりたまひにしを、「いかでわれにむかひてあるまじきよしをはかりけるぞ」とおぼすに、(いとゞ)悪心をおこして、[4]除目のあしたより、手をつよくにぎりて、「斉信(ただのぶ)・道長にわれは[5]はまれぬるぞ」と[6]いひいりて、ものもつゆまゐらで、うつぶしふしたまへるほどに、やまひづきて七日といふにうせたまひにしは。にぎりたまひたりけるおよびは、あまりつよくて、う[7]

(1) あいだ。
(2) あなたが辞退なさるなら。
(3) 伝聞・推定の助動詞「なり」。
(4) 深夜叙任の儀式のあった翌朝から。
(5) 「食(ハ)まれ」か。あるいは「われ阻(ハバ)まれぬるぞ」か。
(6) 「夢中になっていう」意か。
(7) 手の甲。

へにこそとほりていでてはべりけれ。いみじき上戸（じやうご）にてぞおはせし。[1]この関白殿のひとゝせの臨時客に、あまり酔（ゑ）ひて、御座（おまし）にゐながら、たちもあへたまはで、[2]ものつきたまへりけるにぞ、高名の[3]弘高がかきたる楽府（がふ）の屏風にかゝりて、そこなはれたなる。

この[4]中納言になりたまへるも、いとよおぼえあり、よき人にておはしき。又、権中将道信の君、いみじき和歌上手（わかのじやうず）にて、心にくき人の[5]にいはれたまひしほどに、うせたまひにき。又、左衛門督公信卿、又、法住寺僧都の君・阿闍梨良光の君おはす。まこと一条摂政殿の御女（むすめ）のはらの女ぎみたち、三・四・五の御かた、三の御かたは、鷹司どのゝうへとて、あまになりておはします。四の御方は、入道殿の俗におはしましゝおりの御子うみて、うせ給ひにき。五のきみは、いまの[6]皇太后宮にさぶらはせたまふ。このおとゞの御ありさま、[7]かくなり。法住寺をぞ、いといかめしうおきてさせたまへる。摂政・関白せさせ給はぬ人の御しわざにては、いと[8]まうなりかし。このおとゞいとやむごとなくおはしましゝかど、御すゑほそくぞ』

(1) 底本の傍注に「頼通」とあるが、頼通（九九二年生）と誠信（九六四年生）と時代があわないので、むしろ「道隆（九五三年生。道隆が関白になった永祚二年には誠信二十七歳で参議）」とする説があたるか。

(2) 嘔吐をつく。

(3) 巨勢(コセ)氏。金岡の曾孫。

(4) 斉信。

(5) 「の」は衍字(エンジ)か。

(6) 妍子。

(7) 副詞「かく」が助動詞「なり」に直接する言い方は、中古中期まではみられないようである。

(8) 豪勢である。

一一 列伝 ――道隆――

一 内大臣道隆

『このおとゞは(これ)[1]東三条のおとゞの御一男なり。[2]御母は、[3]女院の御おなじはらなり。関白になりさかえさせたまて六年ばかりやおはしけん、[4]大疫癘(えきれい)の年こそうせ給ひけれ。されど、その御やまひにてはあらで、[5]御みきのみだれさせ給ひにしなり。をのこは[6]上戸(じやうご)ひとつの興のことにすれど、すぎぬるはいと不便なるをり侍りや。祭のかへさ御覧ずとて、[7]小一条大将・[8]閑院大将とひとつ御くるまにて、[9]むらさいのにいでさせ給ひぬ。からすのついゐたるかたをかめにつくらせ給ひて、興あるものにおぼして、ともすれば御みきいれてめす。けふもそれにてまゐらする。[10]もてはやさせたまふほどに、あまりやう〳〵すぎさせたまてのちは、御くるまのしり・まへのすだれみなあげて、三所ながら、御もとゞりはなちておはしましけるは、いとこそみぐるしかりけれ。おほかたこの大将殿

(1)兼家。
(2)時姫。摂津守仲正の娘。
(3)東三条院詮子。
(4)長徳元年。日本紀略に「今年四五月疫癘殊盛、中納言已上薨者八人、至于七月漸散」とある。
(5)御酒の乱れ。
(6)上戸を以て一興とするが。
(7)済時。
(8)朝光。
(9)紫野。
(10)「かめを賞玩する」「たがいに面白くおとりもちする」「大いに興にのる」などの説があるが、最初の説が当ろう。

たちの[1]まゐりたまへる、よのつねにていでたまふをば、いとほいなくくちをしきことにおぼしめしたりけり。ものもおぼえず、御装束もひきみだりて、くるまさしよせつゝ、人にかゝれてのり給ふをぞ、いときようあることにせさせたまひける。たゞしこの殿、御酔(えい)のほどよりはとくさむることをぞせさせたまひし。[2]御賀茂詣の日は、[3]社頭にて三度の御かはらけさだまりてまゐらするわざなるを、その御時には、[4]禰宜(ねぎ)・神主も心えて、大かはらけをぞまゐらせしに、三度はさらなる事にて、七八度などめして、[5]上社(かみのやしろ)にまゐりたまふみちにては、やがてのけざまに、しりのかたを御まくらにて、不覚におほとのごもりぬ。[6]一(いちの)大納言にてはこの御堂ぞおはしましゝかば、御覧ずるに、よにいりぬれば、御前の松のひかりにとほりて[7]御らみゆるに、御すきかげのおはしまさねば、あやしとおぼしめしけるに、まゐりつかせ給ひて、御くるまかきおろしたれど、えしらせたまはず。いかにとおもへど、御前どももえおどろかし申さで、たゞさぶらひ[8]なめるに、入道殿おりさせたまへるに、さてもあるべき事ならねば、ながえの[9]とながら、たかやかに「やゝ」と御あふぎをならしな

(1) 道隆邸にうかがう。
(2) 関白の賀茂詣。四月中の酉の日に当る祭の前日。
(3) 下賀茂社の。
(4) 神主に次ぐ神職。四段動詞「ねぐ」の連用形の体言化した語。
(5) 上賀茂社。
(6) 大納言中第一位の人。
(7) 「ら」はうすぎぬ。すだれの内側にかけたのか。「御ら」のない本もある。
(8) 「なむ」はならぶ意の四段自動詞。
(9) 外。

どせさせたまへど、さらにおどろき[1]たまはねば、ちかくよりて、うへ[2]の御はかまのすそをあらゝかにひかせたまふをりぞ、おどろかせ給ひて、さる御用意はならはせたまへれば、御くし・かうがい[3]ぐし[4]給へりけるとりいでゝ、つくろひなどして、おりさせたまひけるに、いさゝかさりげなくて、きよらかにて(ぞ)おはしましゝ。されば、さばかり酔(ゑ)ひなん人は、そのよは、おきあがるべきかは。それに、このとのゝ御上戸は、よくおはしましける。その御こゝろのなほをはりまでもわすれさせたまはざりけるにや、御やまひつきてうせたまひけるとき、にし[5]にかきむけたてまつりて、「念仏申させ給へ」と人々のすゝめたてまつりければ、「済[6]時・朝光なんどもや極楽にはあらんずらん」とおほせられけるこそ、あはれなれ。つねに御心におぼしならひたることなればにや。あの、地獄[7]のかなへのはたにかしらうちあてゝ三宝の御名おもひいでけん人のやうなる事也(なり)や。御かたちぞ、いときよらにおはしましゝはや。帥殿に天下執行(しぎやう)[8]の宣旨くだしたてまつりに、この民部卿殿の、頭弁[9]にてまゐりたまへりけるに、御やまひいたくせめて、御装束もえたてまつらざりけ

(1) 目ざめる。
(2) 束帯の時着用する袴。
(3) 笄。髪掻きの音便。
(4) 具し。
(5) 西方極楽浄土。阿弥陀如来の世界。
(6) 済時・朝光は飲み仲間。道隆は長徳元年四月十日、朝光は同三月二十日、済時は四月二十三日に死んだので事実には合わない。たゞし古事談には、ここと同じような記事が見える。
(7) 百因縁集巻三・法華修法一百座聞書抄等に類話がある。
(8) 百官並びに天下執行の宣旨。内覧の宣旨のこと。
(9) 蔵人頭で弁官を兼ねた人。

れば、御直衣(なほし)[1]にて御簾のとにゐざりいでさせたまふに、なげし[2]をおりわづらはせたまて、女装束御手にとりて、かたのやうにかづけさせ給ひしなん、いとあはれなりし。こと人のいとさばかりなりたらんはことやうなるべきを、なほいとかはらかにあてにおはせしかば、やまひづきてしもこそかたちはいるべかりけれとなんみえしとこそ、民部卿殿はつねにのたまふなれ[3]。その関白殿[4]は、はら〳〵に男子・女子あまたおはしましき。(中略)

皇后宮[5]とひとつばらのを[6]とこぎみ、法師にて、十あまりのほどに、僧都になしたてまつりたまへりし。それも卅六にてうせたまひにき。いまひとゝころは、小千与ぎみ[7]とて、かのほかばらの大千与ぎみ[8]にはこよなくひきこし、廿一におはせしとき、内大臣になしたてまつりたまて、我(われ)うせたまひしとし、長徳元年のことなり、御やまひおもくなるきはに、内にまゐり給ひて、「おのれかくまかりなりにて候ふほど、この内大臣伊周(これちか)のおとゞに百官幷(ならびに)天下執行の宣旨たぶべき」よし申しくだしめたまて、我は出家せさせ給ひてしかば、この内大臣殿を関白殿とて、よ

(1)貴族の常服。宣旨など受ける時は着用すべきものではない。
(2)長押。母屋と廂の間の境に渡した横材。
(3)伝聞・推定の「なり」。
(4)道隆。
(5)定子。
(6)隆円。
(7)小千代君。伊周。
(8)道頼。

の人あつまりまゐりしほどに、粟田殿[1]にわたりにしかば、てにすゑたるたかをそらいたらんやうにて、なげかせたまふ。一家にいみじきことにおぼしみだりしほどに、そのうつりつるかたもゆめ[2]のごとくにてうせ給ひにしかば、いまの入道殿、そのとしの五月十一日より、世をしろしめしゝかば、かの殿いとゞ無徳[3]におはしましゝほどに、又のとし、花山院[4]の御事いできて、御つかさ・くらゐとられ給ひて、たゞ太宰の権帥になりて、長徳二年四月廿四日にこそは、くだり給ひにしか。御とし廿三。いかばかりあはれにかなしかりしことぞ。されど、げにかならずかやうの事わがおこたりにてながされ給ふにしもあらず、よろづのこと身にあまりぬる人の、もろこしにも、このくにゝも、あるわざにぞ侍ン[5]なる。むかしは北野[6]の御事ぞかし』などいひて、はなうちかむほども、あはれにみゆ。『この殿も、御ざえ日本(ひのもと)にはあまらせたまへりしかば、かゝる事もおはしますにこそ侍りしか。さて、式部卿[7]のみやのむまれさせたまへる御よろこびにこそ、めしかへさせ給へれ。

さて大臣になずらふる宣旨かぶらせたまひてありき給ひし(御)あり

(1) 道兼。道隆の弟。
(2) 道兼は長徳元年四月二十七日関白となり、五月八日死。世に七日関白と称した。
(3) かたなしで。本来りっぱなものがその価値を発揮できずに醜態をさらすさまについていう語。枕草子「むとくなるもの」参照。
(4) 弟の隆家が花山院におどかしのつもりで矢を放ったら御袖にあたった事件。
(5) 底本「侍なる」。かりに「侍ンなる」とよんだ。
(6) 菅原道真が無実の罪で筑紫へ流された事。
(7) 敦康親王の誕生は長保元年十一月。伊周の召還は長徳三年四月。事実と異なる。

さまも、いとおちゐてもおぼえ侍らざりき。いとみぐるしきことのみ、いかにきこえ侍りしものとて。内にまゐらせ給ひけるに、北の陣[1]よりいらせたまひて、にしざまにおはしますに、入道殿もさぶらはせ給ふほどなれば、梅壺[2]のひんがしの屏[3]（へい）(のと)のはざまに下人（げにん）どもいとおほくゐたる[4]を、この帥殿の御供の人々いみじうはらへば、いくべきかたのなくて、梅壺の屏のうちにはら〳〵といりたるを、「これはいかに」と殿御覧ず。あやしと人々みれど、さすがにえともかくもせぬに、なにがしといひし御随身の、そらしらずして、あらゝかにいたくはらひいだせば、又とざまにいとらうがはしくいづるを、帥殿の御ともの人々このたびはえはらひあへねば、ふとりたまへる人にて、すがやかにもえあゆみのきたまはで、登花殿[5]のほそどのゝ小蔀（こじとみ）[6]におしたてられ給ひて、「やゝ」とおほせられけれど、せばきところにて雑人（ざふにん）はいとおほくはらはれて、おしかけられたてまつりぬれば[7]、とみに(え)のかで、いとこそ不便に侍りけれ。それはげに御つみにあらねど、たゞはなやかなる御ありき・ふるまひをせさせ給はずは、さやうにかろ〴〵しきことおはしますべきことかはと

(1)朔平門。
(2)凝花舎。内裏の西北にある後宮の一。
(3)塀（へい）の外側の狭い所。
(4)すわっている。
(5)梅壺と細殿をはさんでその東にある建物。
(6)小蔀のあたりに。小蔀は小窓にしとみ（格子の裏に板をはったもの）のあるもの。
(7)「たてまつり」が不審。このままでは「伊周が道長からおしかけられ申し上げたので」の意とみるほかはなかろうか。その場合、上の「雑人は云々」も「雑人はいとおほくはらはれたてまつりて」の省略と解くべきであろう。

ぞかし。

又、入道殿みたけ[1]にまゐらせ給へりしみちにて、「帥殿のかたより便なき事あるべし」ときこえ、つねよりも世をおそれさせ給ひて、たひらかにかへらせ給(へる)に、かの殿も、「かゝること、きこえたりけり」と人の申せば、いとかたはらいたく[2]おぼされながら、さりとてあるべきならねば、まゐり[3]給へり。みちのほどの物語などせさせたまふに、帥殿いたくおくしたまへる御けしきのしるきを、をかしくも又さすがにいとほしくもおぼされて、「ひさしく雙六(すぐろく)つかまつらで、いとさう〴〵しき[4]に、けふあそばせ[5]」とて、雙六の枰[6]をめして、おしのごはせ給ふに、御けしきこよなうなほりてみえ給へば、殿をはじめたてまつりて、まゐりたまへる人々、あはれになんみたてまつりける。さばかりのことをきかせ給はむには、すこしすさまじく[7]もてなさせ給ふべけれど、入道殿は、あくまでなさけおはします御本性(ほんじやう)にて、かならず人のさおもふらんことをばおしかへし[8]、なつかしう[9]もてなさせ給ふなり。この御ばくやう[10]は、うちたゝせ給ひぬれば、ふたところながらはだかにこし[11]からませ給ひて、

(1) 大和国吉野の金峯山。道長の参詣は寛弘四年八月。
(2) いたたまれない感じに。
(3) 弁解のために道長邸に。
(4) 物たりない感じがするから。
(5) 「あそぶ」は遊芸を行なうこと。
(6) バンとよむらしい。碁盤。
(7) 「すさまじ」は、その場にしっくりとしない感じで、興ざめだ、の意。
(8) 思いかえして。
(9) したしみぶかい態度で。
(10) 「ばくえき」(博奕)の音便。囲碁や双六に金品を賭けて勝負を争うもの。
(11) 着物のこしを。

よなか・あかつきまであそばす。「こゝろをさなくおはする人にて、便なき事[1]もこそいでくれ」と、人はうけまさゞりけり。いみじき御かけものどもこそ侍りけれ。帥殿は、ふるきものどもえもいはぬ、入道殿は、あたらしきがきようある、をかしきさまにしなしつゝぞ、かたみに[2]とりかはさせ給ひけれど、かやうの事さへ、帥殿はつねにまけたてまつらせたまてぞまかでさせ給ひける。

かゝれど、たゞいまは、一宮[3]のおはしますをたのもしきものにおぼし、よの人も、さはいへど、したには追従(ついしょう)し、をぢ申したりしほどに、いまのみかど・春宮(とうぐう)さしつゞきむまれさせ給ひにしかば、よをおぼしくづをれて、月ごろ御やまひもつかせたまて、寛弘七年正月廿九日、うせさせ給ひにしぞかし。御とし卅七とぞうけたまはりし。かぎりの[4]御やまひとても、いたうくるしがりたまふこともなかりけり。「御しはぶきやまひにや」などおぼしけるほどに、おもりたまひにければ、修法(ずほふ)せんとて、僧めせど、まゐるもなきに、いかゞはせんとて、[5]道雅(みちまさ)のきみを御つかひにて、入道殿にましたまへりける。よいたうふけて、人もしづまりにけ

(1)「もぞ・もこそ」は、このましからぬことが必然的におこることを予想する意をあらわす。「こまったことにきっとおこるぞ」の意。

(2) たがいに。

(3) 敦康親王。伊周の妹皇后定子の所生。

(4) 最後の御病状とても。

(5) 伊周の子。

れば、やがて御かうしのもとによりて、うちしはぶきたまふ。「たそ」ととはせ給へば、御なのり申して、「しか〳〵のことにて、修法はじめんとつかまつれば、[1]阿闍梨にまうでくる人もさぶらはぬを、たまはらん」と申し給へば、「いと[2]ふびんなる御事かな。えこそうけたまはらざりけれ。いかやうなる御心地ぞ。いと[3]たい〳〵しき御ことにもあるかな」と、いみじうおどろかせたまて、「たれをめしたるに、まゐらぬぞ」など、くはしくとはせたまふ。なにがしの阿闍梨をこそは、たてまつらせたまひしか。されど、世のすゑは人のこゝろもよわくなりにけるにや、「あしくおはします」など申ししかど、[4]元方の大納言のやうにやはきこえさせたまふな。又、入道殿下のなほすぐれさせ給へる威（ゐ）のいみじきに侍るめり。[5]おいのなみに、いひすぐしもぞし侍る』と、けしきだちて、このほど[6]はうちさゝめく。（中略）

『この帥殿の御一（ひとつ）ばらの、十七にて中納言になりなどして、世中のさがなものといはれたまひしとの御わらはなは阿古君ぞかし。このあにどのゝ[7]御のゝしりにかゝりて、出雲権守になりて、但馬にこそはおはせし

(1) 僧官の称。ここは修法の導師としての意。
(2) 不便なる。
(3) 「怠々し」「たみたみし（「たむ」はまわる意）」の両説がある。
(4) 元方の霊が冷泉院に祟ったような噂がおありだろうか。「な」は感動助詞。
(5) 老人の通性として、言いすごしをするといけません。（気をつけましょう。）
(6) 小声でいう。
(7) 御騒動。

か。さて、帥殿のかへり給ひしをり、このとのものぼりたまひて、もとの中納言になりや(1)、又、兵部卿などこそはきこえさせしか。それも、いみじう(2)たましひおはすとぞ、よ人におもはれたまへりし。あまたの人々の下臈になりて、かた〳〵すさまじうおぼされながら、あるかせたまふに、(3)御賀茂詣（まうで）につかうまつりたまへるに、むげにくだりておはするがいとほしくて、(4)とのゝ御くるまにのせたてまつらせたまて、御ものがたりこまやかなるついでに、「ひとゝせのことは、おのれが(5)申しおこなふとぞ、世のなかにいひ侍りける。そこにもしかぞおぼしけん。されど、さもなかりし事なり。宣旨ならぬこと一言（ひとこと）にてもくはへて侍らましかば、この御社にかくてまゐりなましや。天道もみたまふらむ。いとおそろしきこと」とも、まめやかにのたまはせしなん、中々におもておかんかたなく、術（ずち）なくおぼえしとこそ、のちにのたまひけれ。それも、このとのにおはすれば、さやうにもおほせらるゝぞ。帥殿には、さまでもやきこえさせたまける。

この中納言は、かやうにえさりがたきことのをり〳〵ばかりありきた

(1)並列の意の「や」。
(2)知恵才幹。
(3)道長の賀茂社参詣。
(4)道長。
(5)天皇に申し上げて行なう。

まひて、いといにしへのやうにまじろひたまふことはなかりけるに、入道どの丶土御門[1]どのにて御遊あるに、「かやうのことに権中納言のなきこそ、なほさう〴〵しけれ」とのたまはせて、わざと御せうそくきこえさせたまふほど、さかづきあまたたびになりて、人々みだれたまひて、ひも[2]おしやりてさぶらはる丶に、この中納言まゐりたまへれば、うるは[3]しくなりて、ゐなほり[4]などせられければ、との、「とく御ひもとかせ給へ。ことやぶれ侍りぬべし」とおほせられければ、かしこまりて、逗留（とうりう）したまふを、公信（きんのぶ）卿[5]うしろより「ときたてまつらむ」とてより給ふに、中納言御けしきあしくなりて、「隆家は不運なることこそあれ、そこたちにかやうにせらるべき身にもあらず」と、あら丶かにのたまふに、人々御けしきかはりたまへるなかにも、いまの民部卿[6]殿はうはぐみ[7]て、人々の御かほをとかくみたまひつ丶、「ことできなんず。いみじきわざかな」とおぼしたり。入道殿うちわらはせたまて、「けふは、かやうのたはぶれごと侍らでありなん。道長ときたてまつらん」とて、よらせ給ひて、はら〳〵ときたてまつらせ給ふに、「これらこそあるべきこと

(1) 道長の邸。
(2) 入紐。袍・直衣・狩衣などのえりのまわりに付いている紐。
(3) きちんと行儀をただす態度になって。
(4) すわりなおし。
(5) 太政大臣為光の男。隆家の二歳年長。この話を寛弘六年とすると、従四位上近衛少将。
(6) 俊賢。
(7) 「上気する」意という。

よ[1]」とて、御けしきなほりたまて、さしおかれつるさかづきとり給ひて、あまたたびめし、つねよりもみだれあそばせたまけるさまなど、あらまほしくおはしけり。とのもいみじう(ぞ)もてはやしきこえさせたまうける。

さて、式部卿[2]の宮の御事を、さりともさりとももとまちたまふに、一条院の御なやみおもらせたまふきはに、御前にまゐり給ひて、御[3]きそくたまはり給ひければ、「あのこと[4]こそ、つひにえせずなりぬれ」とおほせられけるに、「『あはれの人[5]非人や』とこそ まうさまほしくこそありしか」とこそのたまうけれ。さて、まかでたまうて、わが御いへのひが[6]くしのまにしりうちかけて、手をはた〱とうちゐたまへりける。よの人は、「宮[7]の御ことありて、この殿御うしろみもしたまはば、天下のまつりごとはしたゝまりなん」とぞ、おもひ申しためりしかども、この入道殿の御さかえのわけらるまじかりけるにこそは。三[8]条院の大嘗会御禊(ごけい)にきらめかせたまへりしさまなどこそ、つねよりもことなりしか。人の「このきはは、さりとも、くづをれたまひなん」とおもひたりしところをた

(1)「こそ」のむすびが「よ」となることは、中古中期までにはみえないようである。
(2)敦康親王の東宮に立たれること。
(3)御気色。「御気色たまはる」は御内意をいただく意。
(4)敦康親王が東宮に立つこと。
(5)道長をののしることば。ただし一条天皇の優柔不断なのを非難したことばとする説もある。
(6)日隠の間。階隠(ハシガクシ)の間の一名。寝殿の階をのぼって正面にあたる間。
(7)敦康親王が即位されて。
(8)御禊は長和元年閏十月二十七日、大嘗会は十一月二十二日に行なわれた。

がへんと、おぼしたりしなめり。さやうなるところのおはしましゝなり。節会・行幸には、[1]かいねりがさねたてまつらぬことなるを、[2]単衣(ひとへ)(を)あをくてつけさせたまへれば、もみぢがさねにて(ぞみえける。)うへの御はかま、[3]竜膽(りんだう)の[4]二重織物にて、いとめでたくけうらにこそ、きらめかせたまへりしか。

御目のそこなはれ給ひにしこそ、いと〳〵あたらしかりしか。よろづにつくろはせたまひしかど、えやませたまはで、御まじらひたえたまへるころ、[5]大弐の闕(けつ)いできて、人々のぞみのゝしりしに、「唐人(からびと)のめつくろふがあなるに[6]みせん」とおぼして、「こゝろみにならばや」と申したまうければ、三条院の御時にて、又いとほしくやおぼしめしけん、ふたことゝなくならせ給ひてしぞかし。その御きたのかたには、[7]伊与守兼資(かねすけ)のぬしの女(むすめ)なり、その御はらの女ぎみ二所おはせしは、三条院の御子の式[8]部卿宮のきたのかた。いまひとところは[9]傅殿(ふのとの)の御子に[10]小宰相の中将兼経の君、このふたところの御むこをとりたてまつり給ひて、いみじういたはりきこえ給ふめり。

(1) 搔練襲。表裏とも打って光沢を出した紅綾の下襲。
(2) 裏のない衣服。
(3) 表薄蘇芳・裏青。
(4) 紋様の上にさらに浮出紋様を織り、二重になったもの。
(5) 太宰大弐に欠員ができて。大弐平親信が辞任した。
(6) 伝聞・推定の「なり」。
(7) 伊予守と同じ。参議源惟正の子。「伊与守……女なり」は挿入句とみるべきか。
(8) 敦儀親王。
(9) 道綱。兼家の子。右大将東宮傅。
(10) 「小」は衍字か。「いまひとところ」以下は「もうお一人の女君は、道綱の御子に参議兼右近衛中将兼経の君(というのがいる)。(その君と、前記の式部卿宮との)二人の御むこを(以上の二人の女君に)おとり申し上げなさって」とでも解くべきか。文脈がはっきりせず、表現も不足である。

まつりごとよくしたまふとて、筑紫人(つくしびと)[1]さながらしたがひ申したりければ、例[2]の大貳十人ばかりがほどにてのぼりたまへりとこそ申ししか。かのくににおはしまし丶ほど、刀夷(とい)[3]国のもの、にはかにこの国をうちとらんとやおもひけん、こえきたりけるに、筑紫にはかねて用意もなく、大貳殿ゆみやのもとすゑもしりたまはねば、いかゞとおぼしけれど、やま[4]とごゝろかしこくおはする人にて、筑後・肥前・肥後九国の人をおこしたまふをばさることにて、府の内につかうまつる人をさへおしこりて[5]たゝかはせ給ひければ、かやつがかたのものどもいとおほくしにけるは。さはいへど、家たかくおはしますけに、いみじかり[6]しことたひらげたまへる殿ぞかし。おほやけ[7]、大臣・大納言にもなさせ給ひぬべかりしかど、御まじらひたえにたれば、たゞにはおはするにこそあめれ。このなかにむねと射かへしたるものどももしるして、公家(おほやけ)に奏せられたりしかば、みな賞せさせたまひき。[8]種材(たねき)は壱岐守になされ、[9]其子(その)は太宰監(げん)にこそなさせたまへりしか。この種材がぞうは、[10]純友(すみとも)[11]うちたりしもの丶すぢなり。この純友は、[12]将門同心にかたらひて、おそろしき事くはだてたるものな

(1) こぞって。
(2) 意味不詳。「普通の大弐十人前ぐらいの業績を残して」の意かとする説がある。
(3) 沿海州・黒竜江地方にいた女真人。来襲は寛仁三年三月。
(4) 知恵才幹。
(5) 一団となって。
(6) 大変だったことを平定なさった。
(7) 朝廷が。
(8) 大蔵氏。太宰大監。
(9) 従五位太宰少監光弘。
(10) 藤原長良五代の孫。太宰少弐良範の男。従五位下伊予掾。
(11) 大蔵春実。
(12) 桓武天皇後裔。陸奥鎮守府前将軍平良将の男。

り。

将門は「みかどをうちとりたてまつらん」といひ、純友は「関白にならん」と、おなじく心をあはせて、「この世界にわれとまつりごとをし、きみとなりてすぎん」といふことをちぎりあひて、ひとりは東国にいくさをとゝのへ、ひとりは西国の海に、いくつともなくおほいかだをかずしらずあつめて、いかだのうへにつちをふせて、うゑきをおほし、よもやまの田をつくり、すみつきて、おほかたおぼろけのいくさにどうずべうもなくなりゆくを、かしこうかまへてうちてたてまつりたる[1]は、いみじきことなりな。それはげに人のかしこきのみにはあらじ、王威のおはしまさんかぎりは、いかでかさる事あるべきと思へど。

さて、壱岐・対馬の国の人をいとおほく刀夷国にとりていきたりければ、新羅[2]のみかどいくさをおこし給ひて、みなうちかへしたまてけり。さてつかひをつけて、たしかにこの嶋[3]におくり給へりければ、かの国のつかひには、大貳、金三百両とらせてかへさせ給ひける。このほどの事も、かくいみじうしたゝめ給へるに、入道殿なほこの帥殿をすてぬもの

(1)首を朝廷に、か。

(2)当時の朝鮮は高麗の顕宗の時代。旧称で新羅と称した。

(3)壱岐・対馬。

におもひきこえさせたまへるなり。さればにや、世にも、いとふりすてがたきおぼえにてこそおはすめれ。[1]みかどには、いつかはむま・くるまのみつ・よつたゆるときある。又、みちもさりあへずたつをりもあるぞかし。この(殿の)御子のをとこぎみ、たゞいまの蔵人の少将良頼のきみ、又右中弁経輔のきみ、又[2]式部丞などにておはすめり。

まことに、よにあひてはなやぎ給へりしをり、この帥殿は花山院とあらがひごと申させ給へりしはとよ。いとふしぎなりしことぞかし。「わぬしなりとも、わが門はえわたらじ」とおほせられければ、「隆家、などてかわたり侍らざらん」と申し給ひて、その日とさだめられぬ。輪つよき御くるまに[3]いちもちの[4]御くるまうしかけて、御烏帽子・直衣いとあざやかにさうぞかせ給ひて、[5]えびぞめの織物の御差貫（さしぬき）すこしゐいでさせ給ひて、[6]祭のかへさに紫野はしらせ給ふ君達のやうに、[7]ふみいたにいとながやかに[8]ふみしだかせ給ひて、[9]くゝりはつちにひかれて、すだれいとたかやかにまきあげて、雑色五六十(人)ばかりこゑのあるかぎりひまなく御さきまゐらせ給ふ。院には、さらなり、えもいはぬ[10]勇幹（ようかん）々了（かんれう）の法師原（ばら）

(1)隆家の邸の御門前。
(2)季定。後に和泉守・越前守等。
(3)逸物。多くの中で衆に勝れたもの。
(4)車牛（牛車を引く牛）を轅につなぎ。
(5)葡萄染。薄紫色。
(6)賀茂祭の還立ちの日。
(7)踏板。牛車の前後の入口に横に掛け渡した板。
(8)さしぬきを。
(9)括り。指貫の裾につけてある紐。
(10)勇ましくたけだけしい。

(1)大中童子（だいちゅうどうし）などあはせて七八十人ばかり、大（おほき）なる石・五六尺ばかりなる杖どもたせ(させ)たまひて、きた・みなみのみかど、ついぢづら、小一条のまへ、洞院のうらうへにひまなくたてなめて、みかどのうちにもさぶらひ・そうのわかやかにちからづよきかぎり、さるまうけして候ふ。(2)さることをのみおもひたる上下（かみしも）の、けふにあへるけしきどもは、げにいかゞはありけん。いづかたにも、いし・つゐばかりにて、まことしきゆみやまではまうけさせ給はず。中納言殿の御くるま、一時（ひととき）ばかりたちたまて、(3)かでのこうぢよりは北に、みかどちかうまではやりよせ給へりしかど、なほえわたり給はでかへらせ給ふに、院方にそこらつどひたるものども、ひとつごゝろにめをかためまもりまもりて、やりかへしたまふほど、「は」と一度にわらひたりしこゑこそ、いと(4)おびたゞしかりしか。さるみものやは侍りしとよ。王威はいみじきものなりけり、えわたらせ給はざりつるよ。「無益（むやく）の事をもいひてけるかな。いみじき(5)ぞくがうとりつる」とてこそ、わらひたまうけれ。院はかちえさせ給へりけるをいみじとおぼしたるさまも、(6)ことしもあれ、まことしきことのやうなり。

(1)大童子・中童子。僧の召し使う者。髪形を童のようにしていた。
(2)日ごろそんなことばかり考えている。
(3)勘解由の小路。花山院の南側の道路。
(4)たいへんさわがしかった。「おびただし」は音響についていう語。
(5)辱号・辱詬などがあてられている。
(6)事も(たかが)こんなことなのに、まじめな大事のようだ。

この帥殿の御はらからといふきんだち、かずあまた[1]おはすべし。頼親の内蔵頭・周頼(ちかより)の木工頭(もくのかみ)などいひし人かたはしよりなくなりたまて、いまは、たゞ兵部大輔周家のきみばかり、[2]ほのめきたまふなり。小一条院の御みやたちの御めのとの[3]をとこにて、院の[4]恪勤(かくごん)してさぶらひ給ふ、[5]いとかしこし。又[6]ゐでの少将とありし君は、出家とか。[7]故関白殿の御心おきていとうるはしくあてにおはしゝかど、御すゑあやしく、御いのちもみじかくおはしますめり。いまは、[8]入道一品宮とこの[9]帥中納言殿とのみこそは、のこらせ[10]たまへめれ』

(1) たしかいらっしゃるはずです。
(2) 微々たる状態でいらっしゃる。
(3) 夫。
(4) 親王・大臣家に仕える侍。
(5) もとの御身分を思えば、もったいないことです。
(6) 好親。
(7) 道隆。
(8) 修子。
(9) 隆家。
(10) 「たまへンめれ」とよむ。

一二　列伝　――道兼――

一　右大臣道兼

『このおとゞこれ大入道殿の御三郎、粟田殿とこそはきこえさすめりしか。長徳元年乙未（きのとひつじ）五月二日、関白の宣旨かうぶらせ給ひて、おなじ月の八日、うせさせ給ひにき。大臣のくらゐにて五年、関白と申して七日ぞおはしましゝかし。この殿ばらの御ぞうに、やがてよをしろしめさぬたぐひおほくおはすれど、またあらじかし、ゆめのやうにてやみたまへるは。（中略）

このあはたどのゝ御をとこきんだちぞ三人おはせしが、太郎君は福足（ふくたり）君と申ししを、をさなき人はさのみこそはとおもへど、いとあさましうまさなうあしくぞおはせし。東三条殿の御賀に[1]、このきみ舞をせさせたてまつらんとて、ならはせたまふほども、あやにくがり、すまひたまへど、よろづにをこづり[2]、いのりをさへして、をしへきこえさするに、そ

(1)永延二年十一月七日道隆邸における兼家六十算の賀の時の事か。

(2)だましすかすこと。

の日になりて、いみじうしたてたてまつりたまへるに、舞台のうへにのぼりたまひて、ものゝ(ね)調子ふきいづるほどに、わざはひかな、「あれはまはじ」とて、[1]びづらひきみだり、御装束はら〳〵とひきやりたまふに、あはた殿御いろまあをにならせたまひて、あれかにもあらぬ御けしきなり。ありとある人、「さおもひつることよ」とみたまへど、すべきやうもなきに、御をぢの[2]中関白殿のおりて、舞台にのぼらせたまへば、「いひをこづらせたまふべきか、又、にくさにえたへず、追ひおろさせたまふべきか」と、[3]かた〴〵み侍りしに、この君を御こしのほどにひきつけさせたまて、御てづからいみじうまはせたまひたりしこそ、楽もまさり[4]おもしろく、かのきみの御耻（はぢ）もかくれ、その日のきようもことのほかにまさりたりけれ。[5]祖父（おほぢ）殿もうれしとおぼしたりけり。父おとゞはさらなり、よその人だにこそすゞろに感じたてまつりけれ。かやうに人のためになさけなさけしきところおはしましけるに、など御すゑかれさせたまひにけん。この君、[6]人しもこそあれ、くちなは[7]れうじたまて、そのたゝりにより、かしらにものはれて、うせたまひにき。(下略)』

(1) 角髪（みづら）。
(2) 道隆。
(3) あれこれ考えて。
(4) 明るくはれやかで。
(5) 兼家。
(6) 相手もあろうにわざわざ。「人」は蛇をさす、とする説に従う。源氏物語に、猫を「人」といっている例がある。
(7) 凌ず。いじめる。

一三　列伝　―道長―

一　太政大臣道長　上

『このおとゞは、法興院(ほこゐん)[1]のおとゞの御五男、御母、従四位上摂津守右京大夫(だいぶ)藤原中正(なかまさ)朝臣の女(むすめ)也。その朝臣は従二[2]位中納言山蔭卿の七男也。この道長のおとゞは、いまの入道殿下これにおはします。一[3]条院・三条院の御舅(をぢ)、当代・東宮の御祖父(おほぢ)にておはします。この殿、宰[4]相にはなりたまはで、直[5]権中納言にならせ給ふ、御年廿三。そのとし、上[6]東門院うまれたまふ。四月廿七日、従二位したまふ、御とし廿七。関[7]白殿むまれたまふとしなり。長徳元年乙未(きのとひつじ)四月廿七日、左近大将かけさせ給ふ。

そ[8]のとしのま[9]つりのまへより、よ[10]の中きはめてさわがしきに、またのとし、いとゞいみじくなりたちにしぞかし。まづは大臣・公卿おほくうせたまへりしに、まして四位・五位のほどは、かずやはしりし。まづそのとしうせたまへる殿ばらの御かず、閑[11]院の大納言、三月廿八日。中[12]関

(1) 兼家。

(2) 従三位の誤らしい。

(3) 兼家─┬道長
　　　├超子(一条母)
　　　└詮子(三条母)

(4) 「非参議従三位藤道長、左京大夫、正月廿九日任権中納言」(公卿補任、永延二年条)。

(5) タダチニとよむのであろう。

(6) 彰子。この女院号は万寿三年正月十九日に宣下された。大鏡はすべて万寿二年現在での話が成り立っているのだから、この記事はおかしい。後人の注の混入かという。

(7) 頼通。

(8) 実際は、その前年(正暦五年)のこと。

(9) 賀茂祭。

(10) 悪疫流行。

(11) 朝光。

(12) 道隆。

(1)疫。
(2)重信。
(3)道兼。
(4)道頼。
(5)伊周。
(6)「さか〳〵しく」の誤かという。
(7)道隆。
(8)この「や」は疑問。「恐らく」の意。反語ではない。
(9)「それだのに」の意といわれる。

白殿、四月十日。これはよのえ[1]にはおはしまさず、たゞおなじをりのさしあはせたりしことなり。小一条左大将済時卿は、四月廿三日。六条[2]左大臣殿・粟田[3]右大臣殿・桃園中納言保光卿、この三人は五月八日一度にうせたまふ。山井[4]大納言殿、六月十一日ぞかし。又あらじ、あがりてのよに、かく大臣・公卿七八人二三月の中にかきはらひたまふこと。希有なりしわざなり。それもたゞ、この入道殿の御さいはひの、上をきはめたまふにこそ侍るめれ。かのとのばら次第のまゝにひさしくたもちたまはましかば、いとかくしもやはおはしまさまし。

先(まづ)は、帥[5]殿の御こゝろもちゐのさま[6]〴〵しくおはしまさば、ちゝ[7]おとゞの御やまひのほど、天下執行(しきやう)の宣旨くだりたまへりしまゝに、おのづから、さてもや[8]おはしまさまし。それ[9](に)また、おとゞうせ給ひにしかば、いかでかみどりごのやうなるとのゝ世の政したまはんとて、粟田殿にわたりにし(ぞかし)。さるべき御次第にて、それ又あるべきことなり。あさましくゆめなどのやうに、とりあへずならせ給ひにし、これはあるべきことかはな。このいまの入道殿、そのをり大納言中宮大夫とまうして、御としいとわかくゆくすゑまちつけさせ給ふべき御よはひのほどに、卅にて、五月十一日に、(1)関白の宣旨うけ給はりたまうて、さかえそめさせたまひにしまゝに、又ほかざまへもわかれずなりにしぞかし。(2)いま〳〵も、さこそは侍るべかんめれ。

この殿は、きたの方(3)ふたところおはします。この(4)みや〳〵の母うへとまうすは、土御門左大臣源雅信のおとゞの御むすめにおはします。雅信のおとゞは、(5)亭子(ていじ)のみかどの御子一品式部卿の宮敦実(あつみの)みこの御子、左大臣時平のおとゞの御女のはらにうまれたまひし御子なり。その雅信のおとゞの御むすめを、いまの入道殿下の(6)きたのまんどころとまうす也。その御はらに、女ぎみ四(7)ところ・をとこぎみ(8)ふたところぞおはします。その御ありさまは、たゞいまのことなれば、みな人みたてまつりたまふらめど、ことばつゞけまうさんとなり。第一の女ぎみは、一条院の御ときに、十二にて、(9)まゐらせ給ひて、またのとし長保二年庚子(かのえね)二月廿五日、十三にて、きさきにたち給ひて、中宮と申ししほどに、(10)うちつゞき男親王(みこ)二人うみたてまつりたまへりしこそは、いまのみかど・東宮におはします

(1)「五月十一日宣旨、宮中雑事、先触二権大納言道長卿一可二奉行一者」(公卿補任。長徳元年道長の条)。正式に関白になったのではなく、執務の沙汰だけがあったのである。

(2)今後も。

(3)倫子・明子。

(4)彰子(太皇太后宮)、妍子(皇太后宮)、威子(中宮)。

(5)宇多。

(6)倫子。

(7)彰子・妍子・威子・嬉子。

(8)頼通・教通。

(9)長保元年十一月入内。

(10)寛弘五年九月後一条天皇、同六年十一月後朱雀天皇誕生。

めれ。ふたところの御母后、太皇大后宮とまうして、天下第一の母にておはします。

その御さしつぎの、内侍[1]のかみと申しし、三条院の東宮におはしまし ゝにまゐらせたまうて、みや、くらゐにつかせたまひにしかば、きさきにたゝせたまひて、中宮とまうしき、御年十九。さてまたのとし長和二年癸丑（みづのとうし）七月廿六日に、女親王[2]（みこ）うまれさせたまへるこそは、三四ばかりにて一品にならせたまひて、いまにおはしませ。このごろは、この御母みやを皇太后宮と申して、枇杷殿[3]（びは）におはします。一品のみやは、三宮[4]（さんぐう）に准じて千戸の御封[5]（みふ）をえさせたまへば、このみやにきさきふたところおはしますがごとくなり。

又次の女ぎみ、これもないしのかみにて、いまのみかど十一歳にて寛仁二年戊午（つちのえうま）正月二日御元服せさせたまうて、その二月にまゐりたまうて、おなじきとしの十月十六日にきさきにゐさせたまうて、たゞいまの中宮とまうして、内におはします。

又次の女ぎみ、それもないしのかみ、十五におはします。いまの東宮

(1) 尚侍。妍子。
(2) 禎子内親王。
(3) 近衛の南、室町の東にあったという。
(4) 太皇太后・皇太后・皇后の三宮に准ずるあつかい。
(5) 封戸(ふこ)。太上天皇以下諸臣まで、位階官職勲功につけて賜うた戸口。

十三にならせたまふとし、まゐらせ給ひて、東宮の女御にてさぶらはせ給ふ。入道せしめ給ひてのちのことなれば、いま(1)の関白殿の御女となづけたてまつりてこそはまゐらせたまひしか。ことしは十九にならせ給ふ。妊じ給ひて七(2)八月にぞあたらせ給へる。入道殿の御ありさまみたてまつるに、かならずをのこにてぞおはしまさん。このおきな、さらによも申しあやまちはべらじ』と、あふぎをたかくつかひつゝいひしこそ、をかしかりしか。『女君達の御ありさまかくのごとし。男君二所と申すは、いまの関白左大臣頼通のおとゞときこえさせて、天下をわがまゝにまつりごちておはします。御年廿六にてや、内大臣摂政にならせ給ひけん。みかど(3)お(4)よすけさせたまひにしかば、たゞ関白にておはします。廿余にて納言（なふごん）などになり給ふをぞいみじきことにいひしかど、いまのよの御ありさまかくおはしますぞかし。御童名（わらはな）は鶴君（たづきみ）なり。いま一所は、たゞいまの内大臣にて左大将かけて、教通（のりみち）のおとゞときこえさす。よの二(5)の人にておはしますめり。御わらはな、せや君ぞかし。

かゝれば、このきたのまんどころの御さかえきはめさせ給へり。たゞ

(1) 頼通。
(2) 現在は万寿二年五、六月ごろということになる。
(3) 後一条。
(4) 「およすく」は、よみについて清音濁音いろいろな説がある。
(5) 関白につぐ第二の重臣。

人と申せど、みかど・春宮の御祖母(おほば)にて、准三宮の御位にて年官[1]・年爵給はらせ給ふ。から[2]の御くるまにていとたはやすく御ありきなどもなか〳〵御みやすらかにて、ゆかしくおぼしめしけることは、よのなかの物み・なにの法会(ほふゑ)やなどあるをりは、御くるまにても、[3]棧敷(さじき)にても、かならず御覧ずめり。内・東宮・宮々とあかれ〳〵よそほしくておはしませど、いづかたにもわたりまゐらせ給ひてはさしならびおはします。たゞいま三后・東宮の女御・関白左大臣・内大臣[4]の御母、みかど・春宮はたまうさず、おほよそ[5]のおやにておはします。入道殿と申すもさらなり、おほかたこのふた[6]ところながら、さるべき権者(ごんざ)にこそおはしますめれ。御なからひ四十年ばかりにやならせ給ひぬらん。あはれにやんごとなき物にかしづきたてまつらせ給ふといへばこそおろかなれ。世中にはいにしへ・たゞいまの国王・大臣みな藤氏(とうし)にてこそおはしますに、このきたのまんどころぞ、源氏にて御さいはひきはめさせ給ひにたる。を[7]とゝしの御賀のありさまなどこそ、みな人みきゝ給ひしことなれど、なほかへす〴〵もいみじく侍りしものかな。

(1) 年官は、毎年春の除目(ジモク)に名目だけの掾(ジョウ)一人、目(サカン)一人、史生(シショウ)三人などを任補してその俸禄をたまわること。また秋の除目に内官一人を任じた形式でその俸禄をたまわること。年爵は春の除目に名目だけの従五位下(位田八町)を叙してその位田をたまわること。いずれも上皇・東宮・親王・后妃などに対する優遇法。

(2) 唐車。

(3) 見物のため一段高く構えた床。

(4) 「……内大臣の御母であって」の意。

(5) 総体的に天下の親で。

(6) 道長・倫子。

(7) 治安三年十月十三日の六十の賀。

又、高松殿のうへと申すも、源氏にておはします。延喜の皇子高明親王を左[1]大臣になしたてまつらせ給へりしに、お[2]もはざるほかのことによりて、帥(そち)にならせ給ひて、いと〳〵こゝろうかりし(事ぞかし。その)御女におはします。それを、かの殿筑紫におはしましけるとし、このひめぎみまだいとをさなくおはしましけるを、御をぢの十[3]五の宮とま[4]したるも同(おなじ)延喜の皇子(みこ)におはします、女子もおはせざりければ、この君をと[5]りたてまつりてやしなひかしづきたてまつりてもちたまへるに、西[6]宮殿も十五の宮もかくれさせ給ひにしのちに、故[7]女院のきさきにおはしまし〻をり、このひめぎみをむかへたてまつらせ給ひて、東三条殿のひむがしのたい[8]に帳[9]をたて〻、[10]壁代(かべしろ)をひき、我御(わが)しつらひにいさ〻かおとさせ給はず、しすゑきこえさせ給ひ、女房・侍(さぶらひ)・家司(けいし)・下人(しもびと)まで別(べつ)にあかちあてさせ給ひて、ひめみやなどのおはしまさせしごとくに、かぎりなくおもひかしづききこえさせたまひしかば、御[11]せうとの殿原われも〳〵とよしばみまうしたまひけれど、きさきか[12]しこくせいしまうさせ給ひて、いまの入道殿をぞゆるしきこえさせ給ひければ、かよひたてまつらせたまひ

(1) 延喜二十年十二月二十八日臣籍に降下。源姓をたまわった。
(2) 安和の変（高明がむすめむこの為平親王を皇位につけようとの陰謀をたくらんだという疑いをうけて、左遷された事件）。
(3) 盛明親王。
(4) 申したる。
(5) 養女とし申し上げて。
(6) 高明。
(7) 東三条院詮子。
(8) 対の屋。
(9) 帳台。
(10) 間と間をへだてるために垂れる帳。
(11) 「せうと」は女から男兄弟をさしていう。道隆・道兼・道長など。
(12) 非常に・きびしく。

しほどに、女君二所・をとこぎみ四人おはしますぞかし。

女君と申すは、いまの小一条院女御[1]。いまひとゝころは、故中務卿具平のみことまうす、村上のみかどの七の親王におはしましき、その御男ぎみ三位中将師房[2]のきみとまうすを、入道殿むこどりたてまつらせたまへり。「あさはかに、こゝろえぬこと」とこそ、よの人まうしゝか。殿のうちの人もおぼしたりしかど、入道殿おもひおきて[3]させ給ふやうありけむぞかしな。をとこぎみは、大納言にて春宮大夫頼宗ときこゆる。御童名、石君。いまひとゝころ、これにおなじ大納言中宮の権大夫能信ときこゆる。いまひとゝころ、中納言長家。御童名、こわかぎみ。

いま一人は、馬頭にて顕信とておはしき。御童名こけぎみなり。寛弘九年壬子正月十九日[4]、入道したまひて、この十余年は、ほとけのごとくしておこなはせたまふ。思ひがけずあはれなる御事なり。みづからの菩提を申すべからず、殿[5]の御ためにも又、法師なる御子のおはしまさぬがくちをしくことかけさせ給へるやうなるに、「されば、やがて一度に僧正になしたてまつらん」となんおほせられけるとぞうけ給はるを、いか

(1) 寛子。「いまひとところ」は、房師室尊子。
(2) 従四位下相当官の中将が三位に上って、なお中将の官にとゞまったもの。叙留といって名誉とされた。
(3) 「おきて」は下二段他動詞「おきつ」の未然形。
(4) 御堂関白記には「十六日」とある。
(5) 一人が出家すると九族天に生まれるといわれていた。

ゞはべらん。うる[1]はしき法服、宮々よりもたてまつらせ給ひ、殿よりはあさの御ころもたてまつるなる[2]をば、あるまじきことに申させ給ふなるをぞ、いみじくわびさせ給ひける。いでさせ給ひけるには、ひの御袙[4](あこめ)のあまた侯ひけるを、「これがあまたかさねてきたるなん、うるさき。わたをひとつにいれなして、ひとつばかりをきたらばや。しかせよ」とおほせられければ、「これかれそ[5]ゝきはべらんもうるさきに、[6]ことをあつくしてまゐらせん」と申しければ、「それはひさしくもなりなん。たゞとくとおもふぞ」とおほせられければ、「おぼしめすやうこそは」とおもひて、あまたをひとつにとりいれてまゐらせたるを[7]たてまつりてぞ、その夜はいでさせ給ひける。されば、御めのとは、「かくておほせられけるものを、なにしにしてまゐらせけん」と、「れいならずあやしとおもはざりけん心のいたりのなさよ」と、なきまどひけんこそ、いとことわりにあはれなれ。こ[8]としもそれにさはらせ給はんやうに、かくとき[9]ゝつけたまひては、やがて絶え入りて、なき人のやうにておはしけるを、「かくきかせ給はば、いとほしとおぼして、御心やみだれたまはん」と、「いま

(1)端正な・儀式的で立派な。
(2)・(3)「なる」は、ともに伝聞・推定の助動詞「なり」の連体形。
(4)下襲(シタガサネ)と単(ヒトエ)との間に着こめる衣。
(5)「そそく」はいそいでことをする意の他動詞らしいが、ここではいそいで綿をとり出すことか。
(6)「ほかのを」の意か。
(7)お召しになって。「たてまつる」は「貴人が、食う・着る・乗る」などの意に用いられる。
(8)解きにくい。「事がちょうどそれによって妨げられなさるであろうかのように(顕信の世俗的な栄進の道がちょうど乳母の作った綿をたくさん入れた袙によって妨げられなさるであろうかのように)」などの意か。「さはらせ」は岩瀬文庫本に「まいらせ」とあるので、仮名の「ま(万)」が「さ(左)」に、「い(以)」が「は(八)」に誤写されたかとの推測も行なわれている。
(9)乳母にこのあたりだけ敬語を添えて「たまひ」「おはし」などといっているのは、やゝ不審であるが、かなりな身分の乳母なので、時々敬語を添えてこの身分を暗示しているのであろうか。

さらによしなし。これぞめでたき事。ほ[1]とけにならせ給はゞ、我(わが)[2]御ためも、のちのよのよくおはせんこそ、つ[3]ひのこと」と人々のいひければ、「(われは、)仏にならせ給はんもうれしからず、我身のゝちのたすけられたてまつらんもおぼえず、たゞいまのかなしさよりほかの事なし。殿のうへも(おほんこども)あまたおはしませば、いとよし。たゞわれひとりがことぞや」とぞ、ふしまろびまどひける。げにさることなりや。道心なからん人は、のちのよまでもしるべきかはな。高松殿の御ゆめにこそ、左の方の御ぐしをなから[4]よりそりおとさせ給ふと御らんじけるを、かくてのちに(こそ)、これがみえけるなりけりとおもひさ[5]とめて、「ち[6]がへさせ、いのりなどをもすべかりけることを」とおほせられける。か[7]は堂にて御ぐしおろさせ給ひて、やがてその夜、山[8]へのぼらせ給ひけるに、「鴨河わたりしほどのいみじうつめたくおぼえしなん、すこしあはれなりし。いまはかやうにてあるべき身ぞかしとおもひながら」とこそおほせられけれ。い[9]まの右衛門督ぞ、とくより、このきみをば「出家の相こそおはすれ」とのたまひて、中宮[10]権大夫殿のうへに御消息きこえさ

(1) 成仏の証果をお得になるのなら。
(2) 乳母御自身の。
(3) 最終の願。
(4) 中ほど。
(5) 誤写があろうか。岩瀬文庫「さだめて」。
(6) 夢解きにその夢をほかの意に判断させ。
(7) 一条の北。町尻の東にあった行願寺。寛弘元年十二月に行円上人(革の衣を常用していたので世人は皮聖といった)の建立。
(8) 比叡山。
(9) 実成(公季の子)。
(10) 現在、中宮権大夫能信の北の方になっている姫君。

せ給ひけれど、「さる相ある人をばいかで」とて、のちにこの大夫殿をばとりたてまつりたまへるなり。正月[1]に、うちよりいで給ひて、この右衛門督、「馬頭のものみ[2]よりさしいでたりつるこそ、むげに出家の相ちかくなりにてみえつれ。いくつぞ」とのたまひければ、頭中将[3]、「十九にこそなり給ふらめ」と申し給ひければ、「さては、ことしぞし給はん」とありけるに、かくときゝてこそ、「さればよ」とのたまひけれ。相人ならねど、よき人はものをみ給ふなり。入道殿は、「やくなし。いたうなげきてきかれじ。こゝろみだれせられ[4]んも、この人のためにいとほし。法師子のなかりつるに、いかゞはせん。をさなくてもなさんとおもひしかども、すまひしかばこそあれ[5]」とて、たゞ例作法[6]の法師の御やうにもてなしきこえたまひき、受戒[7]にはやがて[8]殿のぼら[9]せたまひ、人々、われもくと御ともにまゐりたまひて、いとよそほしげなりき。威儀僧には、えもいはぬものどもえらせたまひき。御さきに[10]、有職(うしき)[11]・僧綱[12]どものやんごとなき候ふ。やま[13]の所司・殿の御随身ども、人はらひのゝしりて、戒壇にのぼらせ給ひけるほどこそ、入道殿[14]はえみたてまつらせたまはざり

(1) 長和元年。
(2) 牛車の左右の窓。
(3) 公成（実成の子）。
(4) 「られ」は尊敬であろう。
(5) 「なさであれ」の略とみてよいであろう。
(6) 「例の作法」とよむべきか。
(7) 仏門に入り得度したものが受戒の壇に上り、戒律を受ける儀式。
(8) 「躊躇(チユウチヨ)することなくすぐに」の意か。
(9) 比叡山に。
(10) 受戒僧顕信の、式場への御先導として。
(11) 已講・内供・阿闍梨の三僧官。僧綱に次ぐ。
(12) 僧正・僧都・律師の三僧官。
(13) 比叡山の役僧。
(14) 「悲しさに」と解く考えと、「顕信を九族の幸福のために犠牲にすることへの良心の責めに」と解く考えとがある。

けれ。御みづからは、ほいなくかたはらいたしとおぼしたりけり。座主[1]の手輿（たごし）に乗りて、白蓋（びやくがい）さゝせてのぼられけるこそ、あはれ天台座主、戒和尚（かいわじやう）[2]の一やとこそみえたまひけれ。世次が隣にはべるものゝ、そのきはにあひてみたてまつりけるが、かたりはべりしなり。「春宮大夫[3]・中宮権大夫[4]殿などの大納言[5]にならせ給ひしをりは、さりとも、御みゝとゞまりてきかせたまふらんとおぼえしかど、その大饗（だいきやう）のをりのことゞも、大納言の座しきそへられしほどなどかたり申ししかど、いさゝか御気色かはらず、ねんずうちして、『かうやうのこと、たゞしばしのことなり』とうちのたまはせしなん、めでたく優におぼえし」とぞ、通任（みちたふ）[6]のきみのたまひける。

この殿の君達、をとこ・女あはせたてまつりて、十二人、かずのまゝに(て)おはします。をとこも女も、御つかさ・くらゐこそこゝろにまかせ給(へ)らめ、御こゝろばへ・人がらどもさへ、いさゝかかたほにてもどかれさせ給ふべきもおはしまさず、とり〴〵に有識（いうそく）にめでたくおはしまさふ[7]も、たゞこと〴〵ならず、入道殿の御さいはひのいふかぎりなく

(1) 天台座主覚慶。
(2) 戒を授けるときの最高位の僧。
(3) 頼宗。
(4) 能信。
(5) 治安元年七月二十五日。
(6) 師尹の孫。済時の子。
(7) 「おはしまさふ」は「おはしまし合ふ」の約。主語はかならず複数である。

おはしますなめり。さき〳〵の殿ばらのきんだちおはせしかども、みなかくしもおもふさまにやはおはせし。おのづから、をとこも女も、よきあしきまじりてこそおはしまさふめりしか。このきたのまんどころの二人ながら源氏におはしませば、すゑのよの源氏のさかえたまふべきとさだめ申すなり。[1]かゝれば、このふたところの御ありさま、かくのごとし。[2]たゞし、殿の御まへは[3]卅より関白せさせたまひて、一条院・三条院の御時、よをまつりごち、わが御まゝにておはしましゝに、又当代の、九歳にてくらゐにつかせ給ひにしかば、御とし五十一にて、[4]摂政せさせ給ふとし、わが御身は[5]太政大臣にならせ給ひて、摂政をば[6]おとゞにゆづりたてまつらせ給ひて、御とし五十四にならせ給ふに、寛仁三年己未（つちのとひつじ）三月廿一日、御出家し給へれど、猶（なほ）又おなじき五月八日、准三宮のくらゐにならせたまひて、年官・年爵えさせ給ふ。みかど・東宮の御祖父（おほぢ）、三后・関白左大臣・内大臣・あまたの納言の御父にておはします。よをたもたせ給ふこと、かくて三十一年ばかりにやならせ給ひぬらん。ことしは満六十におはしませば、[7]かんの殿の御産のゝち、御賀あるべしとぞ、人ま

(1)「以上お話ししたようなわけですから、このお二方の御様子は右のとおりです」というような意か。
(2)現在の「ただ」の意と同じといわれるが、たしかでない。
(3)長徳元年。
(4)長和五年正月二十九日。
(5)事実は、翌年（寛仁元年）十二月四日であった。
(6)頼通。
(7)「かみの殿」の音便。尚侍（ナイシノカミ）の略。嬉子。

うす。いかにまたさま〳〵[1]おはしまさへて、めでたくはべらんずらん。おほかたまたよになき事なり、大臣の御女三人きさきにてさしならべたてまつり給ふ事。この入道殿下の御一門（ひとつかど）よりこそ太皇太后宮・皇太后宮・中宮三所いでおはしましたれば、まことに希有々々の御さいはひなり。皇后宮[2]ひとりのみすぢわかれたまへりといへども、それそら[3]貞信公[4]の御するにおはしませば、これをよそ人とおもひまうすべきことかは。しかれば、たゞよのなかは、この殿の御ひかりならずといふことなきに、こ[5]の春こそはうせたまひにしかば、いとゞたゞ三后のみおはしますめり。

この殿、ことにふれてあそばせる[6]詩・和歌など、居易（きよい）[7]・人丸[8]・躬恒[9]・貫之[10]といふとも、えおもひよらざりけんとこそ、おぼえはべれ。春日行幸（かすがのぎやうかう）[11]、先（さきの）一条院の御時よりはじまれるぞかしな。それに又、当代をさなくおはしませども、かならずあることにて、はじまりたる例になりたれば、太宮（おほみや）[12]御輿にそひまうさせ給ひておはします、めでたしなどいふもよのつねなり。すべらぎの御祖父にて、うちそひつかうまつらせたまへる殿の御ありさま・御かたちなど、すこしよのつねにもおはしまさまし

(1)「おはしまさひて」の誤か。
(2) 娍子（済時のむすめ）。三条皇后。
(3)「すら」と同じ。中古後期の仮名文学に用例が散見する。
(4) 忠平。忠平の孫が済時である。
(5) 万寿二年三月二十五日皇后宮娍子崩。
(6)「あそばす」（四段活用動詞）は詩歌をつくること。
(7) 中唐の詩人白楽天。
(8) 柿本人麻呂。
(9) 凡河内躬恒。
(10) 紀貫之。
(11) 春日社への行幸。一条天皇の永祚元年三月二十二日、藤原兼家の奏請によってはじまる。
(12) 彰子。

(1)「にや」の下に「あらまし」などの省略がある。
(2)たくさん。
(3)身に三十二相をそなえ、即位のとき天から輪宝を感得しこれを転じて四方を降伏させるという王。金輪・銀輪・銅輪・鉄輪王の四王がある。
(4)その昔、父兼家公が春日行幸に供奉し申し上げて明神にいのっておいたのであろうか。それで今こうして一門うちそろって、当代の行幸に供奉して春日野の同じ道にあとをたずねて行くことだなあ。
(5)「くもりなきひかり」は「かすが(春日)」の縁語。

かば、あかぬことに(1)にや。(2)そこらあつまりたるゐなか世界の民百姓、これこそはたしかにみたてまつりけめ。たゞ(3)転輪聖王(てんりんじやうわう)などはかくやと、ひかるやうにおはしますに、ほとけみたてまつりたらんやうに、ひたいにてをあてゝをがみまどふさま、ことわりなり。太宮の、赤いろの御あふぎさしかくして、御肩のほどなどはすこしみえさせたまひけり。かばかりにならせ給ひぬる人は、つゆのすきかげもふたぎ、いかゞとこそはもてかくしたてまつるに、ことかぎりあれば、けふは、よそほしき御ありさまも、すこしは人のみたてまつらんも、「などかは」ともやおぼしめしけん。殿もみやも、いふよしなく、御こゝろゆかせ給へりける事、おしはかられはべれば、殿、おほみやに、

(4)そのかみやいのりおきけんかすがのゝおなじみちにもたづねゆくかな

御かへし、

(5)くもりなきよのひかりにやかすがのゝおなじみちにもたづねゆくらん

かやうに申しかはさせたまふほどに、げに〳〵ときこえてめでたくはべりしなかにも、おほみやのあそばしたりし、

(1)みかさやまさしてぞきつるいそのかみふるきみゆきのあとをたづねて

これこそ、おきならがこゝろおよばざるにや。あがりても、かばかりの秀歌え候はじ。その日にとりては、春日の明神もよませたまへりけるとおぼえはべり。けふかゝる事どものはえあるべきにて、先(さきの)一条院の御(おほん)時(とき)にも、(2)大入道殿行幸申しおこなはせ給ひけるにやとこそ、心えられはべれな。おほかた、さいはひおはしまさん人の、和歌のみち(3)おくれたまへらんは、ことのはえ(4)なくやはべらまし。この殿は、をりふしごとに、かならずかやうの事をおほせられて、ことをはやさせたまふなり。(5)ひとゝせの、きたのまんどころの御賀によませたまへりしは、

(6)ありなれしちぎりはたえていまさらにこゝろけがしにちよといふらん

又、この一品(7)のみやのうまれ(8)おはしましたりし御うぶやしなひ、太宮の

(1)「かさ」「さして」は縁語。「さし」「ふる」「みゆき」は掛詞。「あと」は雪の縁語。「いそのかみ」は枕詞。また「ふる」と共に大和の地名。
(2)兼家。
(3)ただしくは「おくれたまへらましかば」とあるべきであろう。
(4)映え。ぱっとすること。
(5)治安三年十月の倫子六十の賀。
(6)わかりにくい歌である。「自分(道長)は寛仁三年、倫子は翌々年にそれぞれ出家していて、長年つれ添っていた夫婦の契りも絶えてしまっている今、何だって今更、自分の道心をけがしてまでこの俗世に千代も生きよと祝いのことばをこうしてのべているのであろうか。(実は、道心をけがしてまでも自分は倫子のために千代も生きよといわないではいられないのだ。)」の意とする説が、まずは穏当か。「こゝろけがしに」の上に「など」が略されているとみるのである。
(7)禎子。
(8)長和二年七月六日誕生。

せさせたまへりしよの御歌は、きゝ給へりや。それこそいときようある事を。たゞびとはおもひよるべきにもはべらぬ和歌の躰也。

　おとみやのうぶやしなひをあねみやのしたまふみるぞうれしかりける

とかやうけたまはりし』とて、心よくゑみたり。『四[1]条大納言のかく何事もすぐれ、めでたくおはしますを、大入道殿、「いかでかかゝらん。うらやましくもあるかな。わが[2]こどもの、かげだにふむべくもあらぬこそ、くちをしけれ」と申させ給ひければ、中関白殿・粟田殿などは、「げにさもとやおぼすらん」と、はづかしげなる御けしきにて、もののたまはぬに、この入道殿は、いとわかくおはします御身にて、「かげをばふまで、つらをやはふまぬ」とこそおほせられけれ。まことにこそさおはしますめれ。内[4]大臣殿(を)だに、ちかくてみたてまつりたまはぬよ。

さるべき人は、とうより御こゝろ魂のたけく、御まもりもこはきなめりとおぼえはべるは。花山の院の御時に、五月しもつやみに、さみだれもすぎて、いとおどろ〳〵しくかきたれ雨のふる夜、みかど、さう[5]〳〵

(1)藤原公任。

(2)道隆・道兼・道長など。

(3)道隆・道兼。

(4)教通。道長の次男。公任のむすめむこ。

(5)独居して心たのしまない意の「さくさく(索索?)し」の音便といわれる。(新撰字鏡)

しとやおぼしめしけん、殿上[1]にいでさせおはしまして、あそびおはしましけるに、人々ものがたり申しなどしたまうて、むかしおそろしかりけることゞもなどに申しなり給へるに、「こよひこそいとむづかしげなる夜なめれ。かく人がちなるにだに、けしきおぼゆ。まして、ものはなれたるところなど、いかならん。さあらんところに、ひとりいなんや」とおほせられけるに、「えまからじ」とのみ申し給ひけるを、入道殿は、「いづくなりとも、まかりなん」と申し給ひければ、さるところおはしますみかどにて、「いときようあることなり。（さらば、）いけ。道隆は豊楽院[2]、道兼は仁寿殿[3]の塗籠、道長は大極殿[4]へいけ」とおほせられければ、よその君たちは、「びんなき事をも奏してけるかな」とおもふ。又、うけ給はらせたまへる殿ばらは、御けしきかはりて、「やくなし[5]」とおぼしたるに、入道殿は、つゆさる御けしきもなくて、「わたくしの従者をばぐし候はじ。この陣[6]の吉上[7]まれ、滝口[8]まれ、一人を『昭慶門[9]までおくれ』とおほせごとたべ。それより内には、ひとりいりはべらん」と申し給へば、「証なきこと」とおほせらるゝに、げにとて、御てばこにおか

(1)清涼殿の殿上の間。
(2)大内裏の西南部、朝堂院の西にある。節会などのおこなわれた建物。
(3)紫宸殿のうしろにある。
(4)朝堂院の北部中央にある建物。即位・朝賀などの大礼をおこなう所。
(5)益なし。
(6)宮中の衛士のつめ所。
(7)六衛府の下級役人。
(8)清涼殿の東北滝口にさぶらう武士。蔵人所に属す。
(9)朝堂院の北門。大極殿はこの門内にある。

せたまへる小刀(こがたな)[1]まして、たちたまひぬ。いま二所も、にがむ〲各(おのおの)お[2]はさうじぬ。「子四(ねよつ)[3]」と奏[4]して、かくおほせられ、議するほどに、うしにもなりにけん。「道隆は、右衛門陣[5]よりいでよ。道長は、承明門[6]よりいでよ」と、それをさへわかたせたまへば、しかおはしましあへるに、中関白殿、陣まで念じておはしましたるに、宴(えん)[7]の松原のほどに、そのものともなきこゑどものきこゆるに、術(ずち)なくて、かへりたまふ。粟田殿は、露台[8]の外(と)まで、わなゝく〲おはしたるに、仁寿殿の東面の砌(みぎり)[9]のほどに、のきとひとしき人のあるやうにみえたまひければ、ものもおぼえで、「身の候はゞこそ、おほせごともうけたまはらめ」とて、おの〲たちかへりまゐりたまへれば、御あふぎをたゝきてわらはせ給ふに、入道殿は、いとひさしくみえさせ給はぬを、「いかゞ」とおぼしめすほどにぞ、いとさりげなく、ことにもあらずげにて、まゐらせたまへる。「いかにいかに」ととはせ給へば、いとのどやかに、御刀に、けづられたるものをとりぐしてたてまつらせ給ふに、「こはなにぞ」とおほせらるれば、「たゞにてかへりまゐりてはべらんは、証候ふまじきにより、高御座(たかみくら)[10]のみ

(1)「まうして」の略記。申し上げて、いただく。
(2)「おはさうず」は「おはしあひす」の約。
(3)午前一時ごろ。
(4)近衛の役人が時刻を奏上する。
(5)宜秋門（内裏の外廓門。中和院の西）のそばにある。
(6)紫宸殿の正面にある内門。
(7)宜秋門から出て西側の広場。
(8)紫宸殿と仁寿殿との間にあり、屋根のない板敷の所。
(9)軒下の石をしいた所。
(10)大極殿の中央に据えられている御座。

なみおもてのはしらのもとをけづりて候ふなり」と、つれなく申したまふに、いとあさましくおぼしめさる。こと殿達の御けしきは、いかにも猶(なほ)なほらで、この殿のかくてまゐりたまへるを、みかどよりはじめ感じのゝしられたまへど、うらやましきにや、又いかなるにか、ものもいはでぞ候ひ給ひける。なほうたがはしくおぼしめされければ、つとめて、「蔵人して、けづりくづをつがはしてみよ」とおほせごとありければ、もていきて、おしつけてみたうびけるに、つゆたがはざりけり。そのけづりあとは、いとけざやかにてはべめり。すゑのよにも、みる人は猶あさましきことにぞ申ししかし。

故女院の御修法(みしほ)して、飯室(いひむろ)[1]の権僧正のおはしましゝ伴僧にて、相人の候ひしを、女房どものよびて、相ぜられけるに、ついでに、「内大臣殿[2]はいかゞおはす」などとふに、「いとかしこうおはしませ」といふ。又、あはた殿[4]はします。中宮大夫殿[3]こそいみじうおはします。天下とる相おはしませ」といふ。又、あはた殿[4]をとひたてまつれば、「それも又いとかしこくおはします。大臣の相おはします」。又、「あはれ、中宮の大夫殿こそいみじうおはしませ」とい

(1) 師輔の十男。権僧正に任ぜられたのは天元四年。寛和元年天台座主に補せられ、正暦元年入寂。四十八歳。
(2) 道隆。
(3) 道長。
(4) 道兼。

ふ。又、権大納言[1]をとひたてまつれば、「それもいとやんごとなくおはします。いかづちの相なんおはする」と申しければ、「いかづちはいかなるぞ」ととふに、「ひときははいとたかくなれど、のちとげのなきなり。されば、御すゑいかゞおはしまさんとみえたり。中宮の大夫殿こそ、かぎりなくきはなくおはしませ」と、こと人をとひたてまつるたびには、この入道殿をかならずひきそへたてまつりてまうす。「いかにおはすれば、かく毎度（たびごと）にはきこえたまふぞ」といへば、「第一相には、とら[2]の子のふかき山のみねをわたるがごとくなるを申したるに、いさゝかもたがはせたまはねば、かく申しはべるなり。このたとひは、とらの子のけはしき山のみねをわたるがごとしと申すなり。御かたち・ようてい[3]は、たゞ毗[4]沙門のいき本[5]みたてまつらんやうにおはします。御相かくのごとしといへば、たれよりもすぐれたまへり」とこそ申しけれ。いみじかりける上手かな。あてたが[6]はせたまへることやはおはしますめる。帥[7]のおとゞの、大臣[8]までかくすがやかになりたまへりしを、「はじめよし」とはいひけるなめり。いかづちは、おちぬれど、又もあがる物を、ほしの

(1) 伊周。
(2) 虎子如渡深山峯。相書にある句なのであろうが、出典不詳。
(3) 容体・様体など説がある。
(4) 毘沙門天王の略。
(5) 不詳。「いきほ」とよみ、「いきほひ」の訛った「いきほん」の「ん」の表記が略されたものとみる考えがある。
(6) 「あてたがふ」をあてそこなうの意に解くかぎりは主語は相人になるから、それに「せ給ふ」「おはします」を用いるのは疑わしい。橘純一氏は、大鏡にほかに二例（伊尹伝「あて又、花山院のひとゝせまつりのかへさ御覧ぜし御ありさまは」「あて御絵あそばしたりし、興あり」）ある「あて」と考え比べてこの「あて」も「さて」の俗語とみられる。そうすると「たがはせ給へる」の主語は「道長の運命」などになる。
(7) 伊周。
(8) 伊周は十八歳で参議、二十一歳で内大臣になった。

(1)隕石。

(2)長和二年十二月十五日。

(3)束帯や直衣の装束の時、上着の下に重ねる衣服。常に紅綾を使用する。

(4)袍。

(5)延喜弾正式「凡大臣帯二三位一者、朝服著二深紫一。」ふしかね（おはぐろ）で染めるので紫色が黒く見える。

(6)疳馬（カンバ）。

(7)お乗りしずめになっていたのですよ。中古では「たてまつる」は貴人が「着る・乗る」などの意の尊敬語に用いられることがあった。

(8)正暦五年八月伊周は叔父の道長をこえて内大臣に任ぜられた。

(9)「ヒケシ」とよまれている。中古の用例は知られていない。臆する意か。あるいは「卑下（ヒゲ）し」の当て字かともいわれる。

おちて(1)いしとなるにぞたとふべきや。それこそ、かへりあがることなけれ。

をり〳〵につけたる御かたちなどは、げにながき思ひいでとこそは、人申すめれ。なかにも、三条院の御時の、(2)賀茂行幸の日、ゆきことのほかにいたうふりしかば、(3)御ひとへぎぬのそでをひきいでゝ、御あふぎをたかくもたせ給へるに、いとしろくふりかゝりたれば、「あないみじ」とて、うちはらはせたまへりし御もてなしは、いとめでたくおはしましゝものかな。(4)うへの御ぞは(5)くろきに、御ひとへぎぬはくれなゐのはなやかなるあはひに、ゆきのいろもてはやされて、えもいはずおはしましゝものかな。高名（かうみやう）の、なにがしといひし御むま、いみじかりし(6)悪馬（あくめ）なり。あはれ、それを(7)たてまつりしづめたりしはや。三条の院も、その日のことをこそ、おぼしめしいでおはしますなれ。御病のうちにも、「賀茂行幸の日のゆきこそわすれがたけれ」とおほせられけんこそ、あはれにはべれ。世間のひかりにておはします殿の、一年ばかり、(8)ものをやすからずおぼしめしたりしよ、いかに天道御覧じけん。さりながらも、いさゝか(9)逼気し、御こゝろやはたうさせ[1]たまへりし。おほやけざまの公事作法ばかりには、あるべきほどにふるまひ、ときたがふことなくつとめさせ給ひて、うち〳〵には、ところもおききこえさせたまはざりしぞかし。

帥殿の南院[2]にて、人々あつめてゆみあそばしゝに、この殿わたらせたまへれば、「おもひがけず、あやし」と、中関白殿おぼしおどろきて、いみじう饗応しまうさせたまうて、下﨟におはしませど、まへにたてたてまつりて、まづいさせたてまつらせ給ひけるに、帥殿のやかず[3]いま二おとり給ひぬ。中関白殿、又御前に候ふ人々も、「いま二度のべさせ給へ」と申して、のべさせ給ひけるを、やすからずおぼしなりて、「さらば、のべさせ給へ」とおほせられて、又いさせ給ふとて、おほせらるゝやう、「道長がいへよりみかど・きさきたちたまふべきものならば、このやあたれ」とおほせらるゝに、おなじものを中心にはあたるものかは。つぎにぞ帥殿いたまふに、いみじうおくしたまひて、御てもわなゝくけにや、的のあたりにだにちかくよらず、無辺世界をいたまへるに、関白殿いろあをくなりぬ。又入道殿いたまふとて、「摂政・関白すべきものならば、

(1)「たうさせ」は「たふさせ」で、御心をお倒しになっていらっしゃったか、お倒しになりはしなかった、の意か。「心を倒す」の用例はないようであるが、心を屈するような意とみるのである。
(2)道隆の二条邸の内、南にあった家。
(3)当り矢のかず。

この矢あたれ」とおほせらるゝに、はじめのおなじやうに、的(まと)のやぶる[1]ばかり、おなじところにいさせたまひつ。饗応しもてはやしきこえさせたまひつるきようもさめて、ことにがうなりぬ。ちゝおとゞ、帥殿に、「なにかいる。ないそ〳〵」とせいし給ひて、ことさめにけり。今日[2]にみゆべきことならねど、人の御さまのいひいでたまふことのおもむきより、かた[3]へはおくせられたまふなんめり。

又、故女院[4]の御石山[5]詣(まうで)に、この殿は御むまにて、帥殿はくるまにてまゐりたまふに、さはる事ありて、あはたぐち[6]よりかへり給ふとて、院の御車のもとにまゐりたまひて、案内[7](あない)まうし給ふに、御くるまもとゞめたれば、ながえ[8]をおさへてたち給へるに、入道殿は、御むまをおしかへして、帥殿の御うなじのもとにいとちかううちよせさせ給ひて、「とくつかうまつれ。日のくれぬるに」とおほせられければ、あやしくおぼされて、みかへりたまへれど、おどろきたる御けしきもなく、とみにものかせたまはで、「日くれぬ。とく〳〵」とそゝのかせ給ふを、いみじうやすからずおぼせど、いかゞはせさせたまはん、やはらたちのかせたまひ

(1)「やぶる」は下二段の終止形。「やぶるばかり」はやぶれるほどの意。「ばかり」が終止形に添うときは、「ほど・ぐらい」の意になるといわれるが、概して「動詞＋ばかり」が副詞句として用いられるとき、その動詞は終止形であるようである。

(2)このままで「今日たゞちに実現すべきことではないが」の意とする説があるが、やはり無理であろう。「今日」は「けう」に漢字を当てたもので「稀有」と解くのが、当ろう。そのばあい、「伊周がこんな醜態を演じることは稀有なことで、常あるべきことではないが」と解く説と「道長が勝ったことは、稀有に感じられるはずのことではないが」と解く説とがある。

(3)幾分は。

(4)東三条院詮子。

(5)滋賀県大津市の石山寺。

(6)京都市東山区三条のあたりから滋賀県に通じる出入口にあたる一帯の地。

(7)内情を申し上げなさる。

(8)牛をつける車のながえ。

にけり。ちゝおとゞにも申したまひければ、「大臣かろむる人のよきやうなし」とのたまはせける。

三月巳日[1]のはらへに、やがて逍遥し給ふとて、帥どの、河原[2]に、さるべき人々あまたぐして、いでさせ給へり。平張どもあまたうちわたしたるおはしどころに、入道殿もいでさせ給へる。御車をちかくやれば、「便なきこと。かくなせそ。やりのけよ」とおほせられけるを、なにがしまろといひし御くるまぞひの、「なにごとのたまふ殿にかあらん。かくき[3]うし給へれば、この殿は不運にはおはするぞかし。わざはひやわざはひや」とて、いたく御くるま牛をうちて、いますこしひらばりのもとちかくこそつかうまつりよせたりけれ。「からうもこのをとこにいはれぬるかな」とぞおほせられける。さて、その御くるまぞひをば、いみじうらうたくせさせたまひ、御かへりみありしは。かやうのことにて、この殿達の御中いとあしかりき。

女院は、入道殿をとりわきたてまつらせ給ひて、いみじう思ひ申させ給へりしかば、帥殿はうと〳〵しくもてなさせ給へりけり。みかど、皇[4]

(1)三月の上の巳の日に水辺で身のけがれをはらう行事があった。中国渡来の風習である。
(2)賀茂河原。
(3)不詳。「きこし」の誤かというが、それにしても通じにくい。「窮しか」。
(4)定子。伊周の妹。

后宮をねんごろにときめかさせたまふゆかりに、帥殿はあけくれ御前に候はせ給ひて、入道殿をばさらにも申さず、女院をもよからず、ことにふれて申させ給ふを、おのづから心[1]えやせさせ給ひけん、いとほいなきことにおぼしめしける、ことわりなりな。入道殿のよをしらせ給はんことを、みかどいみじうしぶらせ給ひけり。皇后宮、ちゝおとゞおはしまさで、世中[2]（よのなか）をひきかはらせ給はんことを、いとこゝろぐるしうおぼしめして、あはたどのにもとみにやは宣旨くださせ給ひし。されど、女院の、道理[3]のまゝの御ことをおぼしめし、又帥殿をばよからずおもひきこえさせたまうければ、入道殿の御ことをいみじうしぶらせ給ひけれど、「いかでかくはおぼしめしおほせらるゝぞ。大臣こえられたることだに、いと、いとほしくはべりしに、ちゝ[4]おとゞのあながちにしはべりしことなれば、いなびさせ給はずなりにしにこそ侍れ。粟田のおとゞにはせさせ給ひて、これにしもはべらざらんは、いとほしさよりも、御ためなんいと便なくよの人もいひなしはべらん」など、いみじう奏せさせ給ひければ、むづかしうやおぼしめしけむ、のちにはわたらせたまはざりけり。され

(1)「心やえさせ給ひけん」の誤か。主語は帝であろう。女院とする説もある。
(2)「世間から人望をお失いになる」の意かという。
(3)関白を兄弟の順序どおりにさせようという道理のままのこと。
(4)道隆。

ば、うへ[1]の御つぼねにのぼらせ給ひて、「こなたへ」とは申させ給はで、われよる[2]のおとゞにいらせたまひて、なく〳〵申させ給ふ。その日は、入道殿はうへの御つぼねに候はせ給ふ。いとひさしくいでさせ給はねば、御むねつぶれさせ給ひけるほどに、とばかりありて、とをおしあけて、いでさせ給ひける御かほはあかみぬれつやめかせ給ひながら、御口はこゝろよくゑませ給ひて、「あはや、宣旨くだりぬ」とこそ申させ給ひけれ。いさゝかのことだにこのよならず侍るなれば、いはんや、かばかりの御ありさまは、人のともかくもおぼしおかんによらせ給ふべきにもあらねども、いかでかは院をおろかにおもひ申させ給はまし。そのなかにも、道理すぎてこそは、報じたてまつりつかうまつらせ給ひしか。御骨[3]をさへこそはかけさせ給へりしか。中関白殿・粟田殿うちつゞきうせさせ給ひて、入道殿によのうつりしほどは、さもむねつぶれて、きよ〳〵と覚えはべりしわざかな。いとあがりてのよはしり侍らず、おきなものおぼえてののちは、かゝること候はぬものをや。いまのよとなりては、一の人の、貞信公[4]・小野宮[4]殿をはなちたてまつりて、十年とおはす

(1)清涼殿における女院の局。
(2)清涼殿内の天皇の御寝所。
(3)女院が崩御され火葬に付した時、道長が御骨をくびにかけて帰ったこと。ただし権記（長保三、閏一二、二五）には兵部大輔兼隆がくびにかけたとある。
(4)藤原忠平。
(5)藤原実頼。

ることの、ちかくは侍らねば、この入道殿もいかゞとおもひ申し侍りしに、いとかゝる運におされて、御兄(1)たちはとりもあへずほろび給ひにしこそおはすめれ。それも又、さるべくあるやうあることを、みなよはかゝるなんめりとぞ、人々おぼしめすとて、ありさまをすこし又申すべきなり。(中略)

太政大臣道長おとゞは、太皇太后宮彰子・皇太后妍子・中宮威子・東宮の御息所の御父、当代幷(ならびに)春宮の御祖父(おほぢ)におはします。こゝらの御なかに、后三人ならべすゑてみたてまつらせ給ふことは、入道殿(下)よりほかにきこえさせ給はざんめり。関白(2)左大臣・内大臣・大納言二人・中納言の御おやにておはします。さりや、きこしめしあつめよ。日本国には唯一無二(ゆゐいちむに)におはします。まづは、つくらしめ(3)たまへる御堂(4)などのありさま、かまたりのおとゞの多武峯(たふのみね)(5)・不比等の大臣の山階寺(やましなでら)(6)・基経のおとゞの極楽寺(7)・忠平の大臣の法性寺(8)・九条殿の楞厳院(れうごん)(9)・あめのみかど(10)のつくりたまへる東大寺も、ほとけばかり(11)こそはおほきにおはすめれど、猶この無量寿院(12)にはならびたまはず、まして、こと御寺御寺はいふべきな

(1)「オンアニ」とよむべきであろう。(「セウト」は、女から男のきょうだいをいう語で男から男のきょうだいをさしていうのには中古では用いられなかった。)

(2)頼通・教通・頼宗能信・長家の御親。

(3)「しめ」は尊敬であろう。

(4)法成寺。

(5)奈良県磯城(シキ)郡の南にある山。

(6)藤原鎌足の遺志により夫人の鏡王が京都府山科に創建したが、やがて飛鳥(アスカ)に移り、奈良に都をさだめた時、不比等が奈良にうつして、興福寺と改称した。

(7)今はない。山城国(京都府)紀伊郡深草郷宝塔寺がそのあとという。

(8)今はない。賀茂川の東、九条の南。現在の東福寺のあたりという。

(9)首楞厳院。横川中堂のこと。師輔の建立はその法華三昧堂。

(10)聖武天皇。

(11)東大寺大仏。創建当時は、銅蓮座・石座・仏体併せて七丈一尺五寸。

(12)法成寺。元来は法成寺阿弥陀堂の名称。

らず。大安寺[1]は、兜率天(とそつてん)[2]の一院を天竺[3]の祇園精舎に移し[4]造り、天竺の祇園精舎を唐の西明寺[5]にうつしつくり、唐の西明寺の一院を、此国(このくに)のみかどは、大安寺にうつさしめ給へるなり。しかあれども、たゞいまは、なほこの無量寿院まさり給へり。南京のそこばくのおほかる寺ども、猶(なほ)あたり給ふなし。恆徳公[6]の法住寺[7]、いとまうなれど、なをこの無量寿院すぐれたまへり。難波の天王寺[8]など、聖徳太子の御こゝろにいれつくり給へれど、なほこの無量寿院まさり給へり。奈良は、七大寺[9]・十五大寺[10]などみくらぶるに、なほこの無量寿院いとめでたく、極楽浄土のこのよにあらはれけるとみえたり。かるがゆゑに[11]、この無量寿院も、おもふに、おぼしめし願ずること侍りけん。浄妙寺[12]は、東三条のおとゞの、大臣になり給ひて、御慶(よろこび)[13]に、木幡[14]にまゐりたまへりし御供に、入道殿ぐしたてまつらせ給ひて、御覧ずるに、「おほく[15]の先祖の御骨おはするに、鐘のこゑきゝ給はぬ、いとうきことなり。わが身おもふさまになりたらば、三昧堂[16]たてん」と、御心のうちにおぼしめしくはだてたりけるとこそ、うけ給はれ。

(1) 南都七大寺の一。
(2) 六欲天の一。弥勒菩薩がその内院に住む。
(3) インド。
(4) 倣(なら)って造り。
(5) 唐の高宗が長安に創建した寺。
(6) 藤原為光。
(7) 賀茂川の東、八条北にあった三十三間堂の付近という。
(8) 四天王寺。聖徳太子の建立。
(9) 東大寺・興福寺・元興寺・大安寺・薬師寺・西大寺・法隆寺。
(10) 七大寺に、新薬師寺・大后寺・不退寺・京法花寺・超証寺・招提寺・宗鏡寺・弘福寺を加えたもの。
(11) 「かあるが故に」の約。
(12) 京都府宇治市の木幡の東北、御蔵山の麓にあった。
(13) お礼。
(14) 木幡にある祖先の墓に。
(15) 形容詞の連用形が体言的に用いられて「の」につづくことは普通ないので、「おほし」という形容詞には疑問が多い。中古の仮名文学には「おほく・おほき」(カリ活用はのぞく)の用例しかないことも考え合せて、「おほく」は副詞とみるべきかとする説もある。その場合「おほき」は「大き」という連体詞とみて、「多」とは元来、別の意とみるのである。
(16) 法華三昧を修する堂。

むかしも、かゝりけることおほく侍りけるなかに、極楽寺・法性寺ぞいみじく侍るや。御としなんどもおとなびさせ給はぬにだにも、おぼしめしよるらんほど、なべてならずおぼえ侍るに、いづれの御時とはたしかにえきゝ侍らず、たゞ(1)ふかくさの御ほどにやなどぞおもひやり侍る。(2)芹河(せりかは)の行幸せしめ給ひけるに、(3)昭宣公、(4)童殿上にてつかうまつらせ給へりけるに、みかど、(5)琴(きん)をあそばしける。この琴ひく人は、別の爪(つめ)つくりて、ゆびにさしいれてぞひくことにて侍りし。さてもたせ給ひたりけるを、おとしおはしまして、大事におぼしめしけれど、又つくらせ給ふべきやうもなかりければ、さるべきにてぞおぼしめしよりけん、おとなしき人々にもおほせられずて、をさなくおはしますきみにしも、「もとめてまゐれ」とおほせられければ、御馬をうちかへしておはしましけれど、いづくをはかりともいかでかはたづねさせたまはん。みつけてまゐらせざらん事のいといみじくおぼしめしければ、「これもとめいでたらん所には、一(6)伽藍(がらん)をたてん」と願じおぼして、もとめたまひけるに、いできたる所ぞかし、極楽寺は。をさなき御心に、いかでかおぼしめしよらせ

(1)仁明天皇。
(2)山城国紀伊郡下鳥羽のあたり、この行幸は承和十四、五年かという。
(3)基経。
(4)貴族の子弟で、宮中の作法見習いのため、子供のうちから昇殿を許された者。
(5)七絃の琴。
(6)梵語「僧伽藍摩」の略。精舎。寺。

たまひけん。さるべきにて、御爪もおち、をさなくおはします人にもおほせられけるにこそは侍りけめ。

さてやんごとなくならせたまひて、御堂たてさせにおはします御くるまに、貞信公[1]はいとちひさくてぐしたてまつり給へりけるに、法性寺[2]のまへわたり給ふとて、「てゝこそ。こゝこそよき堂所[3]なんめれ。こゝにたてさせ給へかし」ときこえさせ給ひけるに、「いかにみてかくいふらん」とおぼして、さしいでゝ御らんずれば、まことにいとよくみえければ、「をさなき目に、いかでかくみつらん。さるべきにこそあらめ」とおぼしめして、「げにいとよきところなめり。まし[4]が堂をたてよ。われはしか〳〵の事のありしかば、そこにたてんずるぞ」と申させ給ひける。さて法性寺はたてさせ給ひしなり』。『又[5]、九条殿の飯室[6]の事などは、いかにぞ。横川[7]の大僧正御房にのぼらせたまひし御供には、しげきまゐりてはべりき』。

『かやう[8]の事どもきゝみたまふれど、なほこの入道殿よにすぐれぬけいでさせ給へり。天地にうけられさせたまへるは、このとの[9]こそはおは

(1) 忠平。
(2) 後に法性寺の造営された土地の前。
(3) 寺塔を建てるに適当な場所。
(4) おまえ。二人称の代名詞。
(5) 重木のことば。
(6) 比叡山横川の法華三昧堂の事。
(7) 大僧正良源。延暦寺十八代の座主、諡号慈恵大師。
(8) 以下は世次のことば。
(9) 「とのにこそは」の意とみるべきか。

しませ。なに事もおこなはせたまふをりに、いみじき大風ふき、なが雨ふれども、先二三日かねて(1)、そらはれ、つちかはくめり。かゝれば、或は聖徳太子のむまれ給へると申し、あるいは弘法大師の、仏法興隆のためにむまれたまへるとも申すめり。げにそれは、おきならがさがなめにも、たゞ人とはみえさせ給はざめり。なほ権者(2)にこそおはしますべかめれとなん、あふぎみたてまつる。かゝれば、この御よのたのしきこと、かぎりなし。その故は、むかしは、殿ばら・宮ばらの馬飼・牛飼、なにの御霊会・祭の料とて、銭・紙・こめなどこひのゝしりて、野山のくさをだにやはからせし。仕丁(3)・おものもち(4)いできて、人のもの取り奪ふ事絶えにたり。又里の刀禰(5)・村の行事(6)いできて、火祭(7)やなにやと煩しくせめしこと、いまはきこえず。かばかり安穏泰平なる時にはあひなんやと思ふは。おきならがいやしきやどりも、帯・ひもをとき、門をだにさゝで、やすらかにのいふし(8)たれば、としもわかえ(9)、いのちものびたるぞかし。先は、北野・賀茂河原につくりたるまめ・さゝげ・うり・なすびといふもの、このなかごろは、さらに術なかりしものをや。このとしごろは、

(1) まえから。
(2) 神仏が権（カリ）にこの世にあらわれた者。
(3) 宮中・官庁・貴族の雑役に使われる男。
(4) わかりにくいが、「お物持」で、主家の荷をかつぐ男の意とする説がある。
(5) 里長・村長など公事に関係する者をいうらしい。
(6) 事をおこなうもの。当番役。
(7) 火災のないように祈る祭。
(8) 「のきふす」の音便であろう。「倒れ伏す」意という。名義抄に「偃」をフス・タフル・ノイフス・ヤスム・アフク・ノケサマなどとよむ。
(9) 「若ゆ」は下二段動詞。

いとこそ[1]たのしけれ。人のとらぬをば[2]さるものにて、馬・牛だにぞはまぬ。されば、たゞまかせすてつゝおきたるぞかし。かくたのしき[3]弥勒(みろく)のよにこそあひて侍れや』といふめれば、いまひとりのおきな、『たゞいまは、この御堂の夫(ぶ)を頻(しきり)にめす事こそ、人はたへがたげに申めれと[4]。それはさはきゝ給はぬか』といふめれば、世次、『しか／＼。そのことぞある。二三日まぜにめすぞかし。されど、それまゐるにあしからず。ゆゑは、「極楽浄土のあらたにあらはれいで給ふべきために、めすなり」とおもひはべれば、「[5]いかでちからたへば、まゐりてつかうまつらん。ゆくすゑに、この御堂のくさきとなりにしがな」とこそ思ひ侍れ。されば、ものゝこゝろしりたらん人は、のぞみてもまゐるべきなり。されば、おきなら、また[6]あらじ、一度かゝずたて[7]まつり侍るなり。さてまゐりたれば、あしきことやはある。飯(いひ)・酒しげくたび、[8]もちてまゐるくだものをさへめぐみたび、つねにつかうまつるものは、衣装をさへこそあておこなは[9]しめ給へ。されば、まゐる下人も、いみじういそがしがりてぞすゝみつどふめる』といへば、『[10]しか、それさる事に侍り。ただし、おき

(1) ゆたかに富む。

(2) もちろんのことで。

(3) 弥勒は兜率天(トソツテン)の内院に住して、釈迦入滅後、五十六億七千万年ののち、人寿八万歳にいたったときに、この地上に出現して、釈迦の説法にもれた衆生をすくうという。

(4) 「と」は、あるいは衍か。

(5) 「何とかして」の意で「まゐりてつかうまつらん」にかかるとするのが通説であるが、「いかで」の用例にやや疑がある。あるいは「ちからたへば、まゐりてつかうまつらん」は挿入句で、「いかで」は「なりにしがな」にかかると見るべきか。

(6) 「こういう機会は二度とあるまい」の意か。

(7) 人夫を。

(8) 御堂に献上するために持参する菓物。

(9) 「しめ」は尊敬。

(10) 重木のことば。

ならが思ひえて侍るやうは、いとたのもしきなり。おきないまだ世に侍るに、衣装やれ、むづかしきめみ侍らず。又、飯酒にともしき目み侍らず。もしこの事どもの術なからん時は、紙三枚(みひら)をぞもとむべき。ゆゑは、入道殿下の御前に、申文(まうしぶみ)をたてまつるべきなり。そのふみにつくるべきやうは、「翁、故太政大臣貞信公[1]殿下の御時の小舎人わらは[2]なり。それおほくのとしつもりて、術なくなりて侍り。閤下(かふか)[3]のきみすゑ[4]のいへの子におはしませば、おなじきみとたのみあふぎたてまつる。ものすこしめぐみ給はらん」と申さんには、少々のものはたばじやはと思へば、それは案[5]のものにて、倉に置きたるごとくなんおもひ侍る』といへば、世次、『それはげにさる事なり。家貧ならんをりは、御寺に申文をたてま[6]つらしめんとなん、いやしき童部(わらはべ)[7]とうちかたらひ侍り』と、おなじこゝろにいひかはす。『さても[8]さても、うれしう対面したるかな。としごろの袋のくちあけ、ほころびをたち侍りぬる事。さても、このの〻しる無量寿院には、いくたびまゐりてをがみたてまつり給ひつ[9]』といへば、『おのれは、大御堂[10]の供養の年の会(ゑ)[11]の日は、人いみじうはらふべかなりとき

(1)藤原忠平のおくりな。
(2)近衛の中少将などの召し連れる少年。
(3)道長のこと。
(4)同じ家門の後裔。
(5)机に載せて置いてあるものも同然で。
(6)この「しめ」は尊敬が謙譲に転じた用法という。中古末の現象である。
(7)自分の妻をさす。
(8)世次のことば。
(9)「給ひつる」とあるのが通例である。
(10)金堂。
(11)法会の日。治安二年七月十四日。

ゝしかば、試楽といふこと三日かねてせしめたまひしになんまゐり(て)侍りし』といへば、世次、『おのれは、たび〳〵まゐり侍り。供養の日のありさまのめでたさは、さらにもあらずや。又の日[1]、「けふは、御ほとけなどちかうてをがみたてまつらん、ものどもとりおかれぬさきに」とおもひて、まゐりて侍りしに、みやたち[2]の諸堂をがみたてまつらせたまひし、みまうし侍りしこそ、かゝる事にあはんとていままでいきたるなりけりと、おぼえ侍りしか。物おぼえてのち、さることをこそまだみ侍らね。御てぐるま[3]に、四所[4]たてまつりたりしぞかし。くちに[5]太宮(おほみや)・[6]皇太后宮、御袖ばかりをいさゝか[7]さしいださせ給ひて侍りしに、[8]枇杷殿の宮の御ぐしの、つちにいとながくひかれさせ給ひていでさせ給へりしは、いとめづらかなりしことかな。しりのかたには、[9]中宮・[10]かんの殿たてまつりて、たゞ御身ばかり御くるまにおはしますやうにて、御ぞどもはみなゝがらいでゝ、それもつちまでこそひかれ[11]侍りしか。一品宮も、なかにたてまつりたりけるにや。御衣(ぞ)どもはなにがしぬしのもちたうび、御くるまのしりにぞ候はれし。[12]ひとへの御ぞばかりをたてまつりておはしまし

(1) 会の翌十五日。
(2) 彰子・妍子・威子・嬉子・一品の宮達。
(3) 輿(コシ)に車輪をつけたような形のもの。
(4) おのりになっていた。
(5) 彰子。
(6) 妍子。
(7) 出し衣(ギヌ)のこと。
(8) 妍子。
(9) 威子。
(10) 嬉子。
(11) 「侍り」は丁寧語(対話敬語)。
(12) 単衣(ヒトヘギヌ)の略。袿(ウチギ)の下に重ねて着る衣。

けるなめり。御車[1]には、まうち君[2]たちひかれて、しりには関白殿をはじめたてまつり、殿ばら[3]、さらぬ[4]上達部・殿上人、御直衣にてあゆみつゞかせ給へりし、いで、あないみじや。中宮権大夫[5]殿のみぞ、堅固御物忌（けんごのおんものいみ）にて、まゐらせ給はざりし。さていみじくくちをしがらせ給ひける。中宮の御装束は、権大夫殿せさせ給へりし、いときよらにてこそみえ侍りしか。「供養の日、啓すべき事ありて、おはします所にまゐりて、五所（いつところ）ゐならばせ給へりしをみたてまつりしかば、中宮の御衣の優にみえしは、我したればにや」とこそ、大夫殿おほせられけれ。かくくちばかりさかしだち侍れど、下臈のつたなき事は、いづれの御衣も、ほどへぬれば、いろどものつぶ[6]とわすれ侍りにけるよ。ことにめでたくせさせ給へりければにや、したは、紅（くれなゐの）薄物の御単衣重（ひとへがさね）[7]にや。御うはぎ、よくもおぼえ侍らず。萩[8]のおり物のみへがさねの御唐衣に、あきの[9]のをぬひものにし、ゐにもかゝれたるにやとぞ、めもとゞろきてみたまへし。こと宮々のも、殿ばらの調じてたてまつらせ給へりけるとぞ、人ましゝ[10]。太宮は、二重[11]織物おりかさねられて侍りし。皇太后宮は、そうじて[12]から装束。かんの

(1)「御車には」は「あゆみつゞかせ」につゞくか。「御車には―その御車はまうち君たちがおひきになって―あとには関白殿……が御直衣姿で歩みつゞきなさっていらっしゃった、そのさまは」
(2)前つ君の音便。天皇の御前に候う四、五位の臣をいうが、ここでは道長の家司をつとめた四、五位の人をいうのであろうという。
(3)一門の殿方。
(4)それ以外の。
(5)能信。
(6)「すっかり」の意か。
(7)単二領を重ね、袖口・裾などを糊でひねり重ねたもの。
(8)萩（表青・裏赤）の織物の三重襲の唐衣。
(9)秋の野の模様を。
(10)申しし。
(11)地紋のある上に更に別の色糸で紋様を織出したものという。
(12)総じて。

とのゝは、殿(1)こそせさせたまへりしか。こと御方々のも、ゐかきなどせられたりときかせたまて、にはかに薄(2)おしなどせられたりければ、入道殿御らんじて、「よき呪(3)師の装束かな」とて、わらひ申させ給ひけり。とのは先御堂御堂あけつゝ、まち申させ給ふ。南大門(4)のほどにてみ(5)ましゝだに(6)ゐましくおぼえ侍りしに、御堂のわたどのゝ物のはざまより、一品宮の弁(7)のめのと、いま一人はそれも一品宮の大輔(8)のめのと、中将(9)のめのとかや、三人とぞうけたまはりし、御くるまよりおりさせ給ひて、ゐ(10)ざりつゞかせ給へるを、みたてまつりたるぞかし。おそろしさにわなゝかれしかど、「けふ、さ(11)ばかりのことはありなんや」とおもひて、みまゐらするに、など(12)てかはとは申しながら、いづれときこえさすべきにもなく、とり〴〵にめでたくお(13)はしまさふ。太宮、御ぐし、御衣のすそにあまらせ給へり。中宮は、たけにすこしあまらせたまへり。皇太后宮は、御衣に一尺ばかりあまらせ給へる御すそあふぎのやうにぞ。かんの殿、御たけに七八寸あまらせ給へり。御あふぎすこしのけてさしかくさせ給ひける。一品の宮は、殿(14)の御前、「(15)なにかゐさせ給ふ。たゝせ給へ」とて、

(1) 頼通。
(2) 金銀箔。
(3) 猿楽の一種で今の奇術師のようなものという。
(4) 法成寺南面の総門。
(5) 「ゐまし」は「ゐむ」の形容詞。
(6) 見申しし。
(7) 一品宮の乳母。阿波守藤原順時のむすめ。
(8) 源兼澄のむすめ、中務大輔周頼の妾。
(9) 伊勢前司相方のむすめ。
(10) 御堂内を膝行して続き歩かれる。
(11) おとがめをうけるほどのこと。
(12) 「などてかはめでたくおはしまさざらむ」「などてかは宮后にておはする御方々のわろきことあるべき」などの意。
(13) 「おはしましあふ」の略。複数の人が……でいらっしゃる。
(14) 「殿の御前」は道長のこと。
(15) なんだっておすわりなさるのですか。一品の宮は十歳なので、膝行になれず、くたびれて時々すわりこんでしまうのを、道長が補導しているのであろうとする説に従うべきか。

なげし(1)の(2)おりのぼらせ給ふ御手(を)とらへつゝ、たすけ申させ給ふ。あまりなることは、目も(3)もどろく心ちなんし(4)給ひける。(5)あらはならずひきふたぎなど、つくろはせ給ひけるほどに、(6)御らんじつけられたるものかは。「(7)あないみじ。宮づかへにすくせのつくる日なりけり」と、いける心ちもせで、三人ながらさぶらひ給ひけるほどに、「みやたちみたてまつりつるか。いかゞおはしましつる。この(8)老法師（おいほふし）のむすめたちには(9)けしうはあらずおはしましまさふな。なあなづられそよ」と、うちゑみておほせられかけて、(10)いたうもふたがせ給はでおはしましたりしなん、いきいでたる心ちして、うれしなどはいふべきやうもなく、かたみにみれば、かほはそこらけさうじたりつれど、くさのはのいろのやうにて、又あかくなりなど、さまぐ\にあせみづになりて、みかはしたり。「さらぬ人だに、(11)あざれたる物のぞきは、いと便なき事にするを、(12)せめてめでたうおぼしめしければ、御よろこびにたへで、(13)さばれとおぼしめしつるにこそと思ひなすも、(14)心おごりなんする」と(15)のたうび(16)いまさうじける。かやうのことゞもを(17)みたまふまゝには、いとゞもこのよの栄花の御さかえのみ

(1) 下長押。
(2) 「の」は衍字か。「なげしにおける」の意に解いて「御手」にかけるのは、無理であろう。
(3) 四段自動詞「もどろく」は、乱れまぎれる・ためらう、などの意という。藤原顕輔集「唐の玉積む舟のもどろけば」。
(4) 主語は乳母たち。
(5) 宮々たちがあらわに他から見えないようにふさぎなどしてとりつくろっておいであそばしたあいだに。主語を三人の乳母とするとわかりやすいのであるが「つくろはせ給ひ」という二重敬語が合わなくなる。
(6) 自分たち三人ののぞき見しているすがたが道長の御目にとまっているではないか。
(7) さあ大変なこと。
(8) 道長の謙辞。
(9) わるくはなく。
(10) たいして宮々たちのおすがたをおかくしにならないで。
(11) 「あざる」は下二段自動詞。
(12) 痛切に。たいへん。
(13) 「さはあれ」の約。まゝよ、それくらいはゆるせよう。
(14) 自分たちは（道長のとりわけて御寵愛のあつい外孫である）一品宮の乳母として。
(15) 「のたまひ」の音便。
(16) 「いまさうず」は「いまさむとす」の約とするのが通説のようであるが、あるいは「いましあひす→いまさうず」で、「複数の人が……おいでになる」の意か。
(17) 「みたまふる」の誤であろう。

おぼえて、染着(せんぢやく)のこゝろのいとゞます〳〵におこりつゝ、道心つくべくも侍らぬに、河内国そこ〳〵にすむなにがしの聖人(1)は、いほりよりいづることもせられねど、後世(ごせ)のせめをおもへばとて、のぼりまゐられたりけるに、関白殿(2)まゐらせ給ひて、雑人(ざふにん)どもをはらひのゝしるに、「これこそは一(3)の人におはすめれ」とみたてまつるに、入道殿の御まへにゐさせ給へば、「なほまさらせ給ふなりけり」とみたてまつるほどに、又行幸なりて、乱声(らんじやう)(4)し、まちうけたてまつらせたまふさま、御こしのいらせたまふほどなどみたてまつりつるとの(5)たちのかしこまり申させ給へば、「なほ国王こそ、日本第一の事なりけれ」と思ふに、おりおはしまして、阿弥陀堂の中尊(6)の御まへについゐさせたまひてをがみ申させ給ひしに、「なほ〳〵ほとけこそかみなくおはしましけれ」と、「この会(ゑ)のには(7)にかしこう結縁し申して、道心なんいとゞ熟し侍りぬる」とこそ申され侍りしか。かたはらにゐられたりしなりや、まことわすれ侍りにけり。よの中の人の申すやう、「太宮の入道せしめ給ひて、太上(8)天皇の御位にならせ給ひて、女院となん申すべき。この御寺に戒壇たてられて、御受戒

(1) かならずしも高僧の意ではなく、世俗的な僧でない、浄行専一の僧などをさす。

(2) 頼通。

(3) 当代第一のお方。

(4) 行幸の車駕の着御のとき、笛・太鼓で急調子で奏する曲を乱声という。

(5) 道長・頼通。

(6) 阿弥陀如来。左右に脇侍として観音・勢至が立つ。

(7) 庭。

(8) 上皇の資格におなりになって。

あるべかなれば、よの中のあまども、まゐりてうくべかんなり」とて、よろこびをこそなすなれ。この世次が女(をんな)[1]どもかゝることをつたへきゝて申すやう、「おのれを[2]そのをりにだに、しらがのすそそぎてんとなん[3]。なにかせいする」とかたらひ侍れば、「なにせんにかせいせん。たゞし、さらんのちには、わか[4]からんめのわらはべもとめてえさすばかりぞ」といひ侍れば、「わがめいなる女一人あり。それをいまよりいひかたらはん。いとさしはなれたらんも、なさけなきこともぞ[5]ある」と申せば、「そ[6]れあるまじきことなり。ちかくもとほくも、みのためにおろかならん人を、いまさらによすべきかは」となんかたらひ侍る。やう〳〵、も[7]・けさなどのまうけに、よききぬ一二疋もとめまうけ侍る』などいひて、さすがに、いかにぞや、ものあはれげなるけしきのいできたるは女どもにそむかれんことのこゝろぼそきにやとぞみえ侍りし。

『さて[8]、ことし[9]こそ天変頻(しきり)にし、よの妖言(えうげん)などよからずきこえ侍るめれ。かん[10]の殿のかく懐妊せしめたまふ、院[11]の女御殿の、つねの御なやみのなかにも、ことしとなりては、ひまなくおはしますなるなどこそ、お

(1)妻なども。「ども」とあるのは、その類の者たちというつもりで、敢えて複数を用いたのか。いわば、「など」に近いといってよかろうか。
(2)「を」は感動の助詞か。
(3)「なん」の下に「思ふ」など省略とみる。
(4)若い女の子。
(5)「もぞ」はこのましからぬことが必然的におこることが予想される意をあらわす。「こまったことにきっと……なる」「……といけない」などと訳す。
(6)冗談(ジョウダン)を真(マ)にうけていう妻のことばを否定することば。
(7)法衣の裳・袈裟などの準備として。
(8)世次のことば。
(9)万寿二年。
(10)嬉子。
(11)小一条院女御寛子(道長のむすめ)。

そろしううけ給はれ。いでや、かうやうのことをうちつゞけ申せば、むかしの事こそたゞいまのやうにおぼえ侍れ』。みかはして重木がいふやう、『いであはれ、かくさま〴〵にめでたき事ども、あはれにもそこらおほくみきゝ侍れど、なほ、わが[1]たからのきみにおくれたてまつりたりしやうに、ものゝかなしくおもうたまへらるゝをりこそ侍らね。[2]八月十日あまりのことにさぶらひしかば、をりさへこそあはれに、[3]「ときしもあれ」とおぼえ侍りしものかな』とて、はなたび〳〵かみて、えもいひやらず、いみじとおもひたるさま、まことにそのをりもかくこそとみえたり。[4]『一日(ひとひ)かたときいきてよにめぐらふべきこゝちもし侍らざりしかど、かくまで候ふは、いよ〳〵ひろごりさかえおはしますをみたてまつり、よろこびまうさせんとにはべめり。さて[5]又のとし五月廿四日こそは、冷泉院(は)誕生せしめたまへりしか。それにつけていとこそくちをしく、をりのうれしさははかりもおはしまさざりしか』などいへば、世次も『しか〳〵』と、こゝろよくおもへるさま、おろかならず。『[6]朱雀院・村上などのうちつゞきむまれおはしましゝは、又いかゞ』などいふほど、あ

(1)大切な主君貞信公忠平。

(2)天暦三年八月十四日死。七十一歳。

(3)古今、哀傷、壬生忠岑「時しもあれ秋やは人の別るべきあるを見るだに恋しきものを」拾遺、別、よみ人知らず「時しもあれ秋しも君に別るればいとど袂ぞ露けかりける」。

(4)重木の詞。

(5)天暦四年。

(6)朱雀院御誕生は万寿二年より百三年前。村上天皇の御誕生は百年前。

まりにおそろしくぞ。又、[1]『世次が思ふ事こそ侍れ。便なきことなれど、あすともしらぬ身にて侍れば、たゞ申してん。この一品宮の御ありさまのゆかしく[2]おぼえさせ給ふにこそ、又いのちをしくはべれ。そのゆゑは、むまれおはしまさんとて、いとかしこき夢想[3]みたまへりし也。さ覚え侍りしことは、故女院・この太宮など[4]はらまれさせ給はんとてみえしたゞ[5]おなじさまなるゆめにはべりしなり。それにてよろづおしはかられさせ給ふ御ありさまなり。皇太后宮にいかで啓[6]せしめんとおもひ侍れど、[7]そのみやの辺の人にえあひ侍らぬがくちをしさに、こゝらあつまり給へるなかに、もしおはしましやすらんとおもうたまへて、かつはかく申し侍るぞ。ゆくすゑにも「よくいひけるものかな」とおぼしあはすることも侍りなん』といひしをりこそ、『[8]こゝにあり』とて、さしいでまほしかりしか。

太政大臣道長　下

いと〳〵あさましくめづらかに、つきもせず二人かたらひしに、この

(1) これから世次のことばに入れて解く考えもある。
(2) 感じられあそばす。「させ給ふ」は一品宮に対する尊敬。
(3) 「みたまへし也」の誤であろう。
(4) 「れ」は受身、「させ給は」は尊敬。
(5) 女院（詮子）・太宮（彰子）はそれぞれ第一代・第二代の女院であるが、一品宮禎子も、治暦五年（一〇六九。万寿二年より四四年後）二月に第三代の女院となられた。作者はこの事実を知っていてこの夢想を書いたものとの推定から、大鏡の成立は治暦五年以後とされている。
(6) 「しめ」は謙譲に転用されたものといわれる。
(7) 皇太后宮妍子の近侍する人。
(8) 大鏡記者。

侍、『いと〳〵興あることをもうけ給はるかな。さても、物のおぼえはじめは、なにごとぞや。それこそまづきかまほしけれ。かたられよ』といへば、世次、『六七歳より、みきゝ侍りしことは、いとよくおぼえはべれど、そのことゝなきは、証のなければ、もちゐる人も侯はじ。九(ここのつ)に侍りし時の大事を申し侍らむ。小松[1]のみかどの、親王にておはしましゝ時の御所は、みな人しりて侍り。おのがおやの侯ひし所、大ゐ[2]のみかどよりは北、町尻よりは西にぞ侍りし。されば、宮の傍(かたはら)にて、つねにまゐりてあそび侍りしかば、いと閑散(かんさん)にてこそおはしましゝか。きさらぎの三日、はつむまといへど、甲午最吉日(きのえうまのさいきちにち)、つねよりもよこぞりて稲荷[3]詣にのゝしりしかば、ちゝのまうではべりしともにしたひまゐりて、さは申せど、をさなきほどにて、さかのこはきをのぼり侍りしかば、こうじて[4]、えその日のうちにげかう[5]つかまつらざりしかば、ちゝやがてその御社の禰宜(ねぎ)の大夫[6]がうしろみつかうまつりていとうるさく[7]て侯ひしやどりにまかりて、一夜は宿(やどり)して、またの日かへり侍りしに、東洞院(とうゐん)よりのぼり[8]にまかるに、おほゐのみかどより西ざまに、人々のさゝ[9]とはしれば、あやし

(1)光孝天皇。京都市右京区御室の小松の山陵に奉葬したための称。
(2)大炊御門。
(3)京都市伏見区の伏見稲荷。
(4)困じて。
(5)還向。
(6)五位の者の称。
(7)この「うるさし」は「こまかいことに気をつかう意」「仲よくして」などと訳されているが、用例の徴すべきものが明らかでなくて、なお疑わしい。(ただし、枕草子・源氏物語〔源氏物語のは「うるせし」とする本文もあるが、善本は、ほぼ「うるさし」であるようである〕に「巧者だ・巧みだ」の意に用いられているといわれる「うるさし」の用例がほんの一、二例ある。これら「わづらわしい」意以外の意だと思われる「うるさし」の用例は、なお十分研究すべきである。)
(8)北向きにゆくと。
(9)擬声語。

くてみ候ひしかば、わがいへのほどにしても、いとくらうなるまで人たちこみてみゆるに、いとゞおどろかれて、「焼亡(せうまう)か」とおもひて、かみをみあぐれば、けぶりもたゝず。「さは、おほきなる追捕(つゐぶく)か」など、かたぐ〳〵にこゝろもなきまでまどひ(まかり)しかば、をのゝみやのほどにて、上達部の御車や、くらおきたる馬ども、冠・表衣(うへのきぬ)きたる人々などのみえ侍りしに、こゝろえずあやしくて、「なにごとぞ、なにごとぞ」と、人ごとにとひ候ひしかば、「[1]式部卿宮みかどにゐさせ給ふとて、[2]大殿をはじめたてまつりて、みな人まゐり給ふなり」とて、いそぎまかりしなどぞ、ものおぼえたることにてみたまへし。(下略)』

(前略)『[3]六条の式部卿の宮と申しゝは、[4]延喜のみかどのひとつばらの御兄弟(はらから)におはします。[5]野行幸供奉(ののぎやうかうぐぶ)せさせ給ひしに、この宮供奉せ[6]しめ給へりけれど、京のほど遅参せさせ給ひて、[7]桂のさとにぞまゐりあはせ給へりしかば、御輿とゞめて、さきだてたてまつらせ給ひしに、なにがしといひしいぬかひの、犬の前足をふたつながら肩にひきこして、ふかきかはの瀬わたりしこそ、行幸につかうまつり給へる人々さながら興じた

(1) 時康親王(光孝天皇)。仁明天皇第三皇子。母藤原総継のむすめ沢子。(総継は、「冬嗣の祖父真楯」の弟の「魚名」の孫)
(2) 藤原基経。
(3) 重木のことば。
(4) 醍醐天皇。
(5) 扶桑略記に「延長六年十二月五日、行㆓幸大原野㆒御鷹飼逍遥云々」とある。
(6) この「しめ」は尊敬。
(7) 京都市右京区上桂・下桂方面の総称。

まはぬなく、みかども労(らう)[1]ありげにおぼしめしたる御気色(けしき)にてこそみえおはしましゝか。さて山ぐちいらせ給ひしほどに、しらせうといひし御鷹の、とりをとりながら、御輿の鳳(ほう)の上(うへ)にとびまゐりてゐて侯ひし、やう〳〵日はやまのはに入りがたに、ひかりのいみじうさして、山のもみぢにしきをはりたるやうに、鷹のいろはいとしろく、雉は紺青(こんじやう)のやうにて、はねうちひろげてゐて侯ひしほどは、まことにゆきすこしうちちりて、をりふしとりあつめて、さることやは侯ひしとよ。身にしむばかり思ひ給へしかば、いかに罪[2]え侍りけん』とて、弾指(だんし)[3]はた〳〵とす。

『おほかた[4]延喜のみかど、つねにゑみてぞおはしましける。そのゆゑは、「まめだちたる人には、ものいひにくし。うちとけたるけしきにつきてなむ、人はものはいひよき。されば、大小事(だいせうのこと)きかむがためなり」とぞおほせごとありける。それ、さることなり。けにくきかほには、ものいひふれにくきものなり。さて、「われいかでふ月・なが月にしにせじ。相撲節(すまひのせち)[5]・九日節(ここのかのせち)のとまらむがくちをしきに」とおほせられけれど、九月[6]にうせさせ給ひて、九日の節はそれよりとゞまりたるなり。その日、左[7]

(1)「労」は心のはたらきをいう。
(2)執着の罪。
(3)ツマハジキともよまれている。真言・天台宗などで悪魔をはらう所作。
(4)重木のことば。
(5)毎年七月朝廷で行われた公事。九日節は、重陽の節会。
(6)延長八年九月二十九日。
(7)左衛門府の官人の詰所。建春門内。

(1)光孝天皇の孫。職事補任によれば、右少弁従五位下。大鏡裏書によれば右大弁。
(2)京都市左京区黒谷付近。
(3)太政官庁の弁官の部屋の壁。
(4)飼鷹の糞。
(5)久世（京都府乙訓郡）の雉子と交野（大阪府枚方市）の雉子の味を。

衞門陣の前にて、御鷹どもはなたれしは、あはれなりしものかな。とみにこそとびのかざりしか。

公忠(きんただ)(1)の弁をば、おほかたのよにとりてもやむごとなきものにおぼしめしたりし中(なか)にも、鷹のかたざまには、いみじうきやうぜさせ給ひしなり。日々に政を勤めたまひて、むまをいづこにぞやたてたまうて、ことはつるまゝに(こそ)、中山(2)へはいませしか。官(くわん)(3)のつかさの弁曹司(べんのざうし)の壁には、その殿のたかのもの(4)はいまだつきて侍らん。くぜ(5)のとり・かたののとりのあぢはひ、まゐりしりたりき。「かたへはそらごとをのたまふぞ。こゝろみたいまつらむ」とて、みそかにふたところのとりをつくりまぜて、しるしをつけて、人のまゐりたりければ、いさゝかとりたがへず、「これは、くぜの、これは、かたのゝなり」とこそ、まゐりしりたりけれ。かゝれば、「ひたぶるのたかゞひにて候ふものの、殿上に候ふこそ、見苦しけれ」と、延喜に奏し申す人のおはしければ、「公事をおろかにし狩をのみせばこそは、罪はあらめ、一度政をもかゝで、公事をよろづつとめてのちにともかくもあらむは、なんでふことかあらむ」とこそおほせられけれ。

いで、またいみじく侍りしことは、やがておなじきみの[1]おほ井河の行幸に、富小路（とみのこうぢ）[2]のみやすどころの御はらの親王（みこ）[3]、七歳にて舞せさせ給へりしばかりのことこそ侍らざりしか。万人しほたれぬ人侍らざりき。あまり御かたちのひかるやうにし給ひしかば、山の神めでゝとり[4]たてまつり給ひてしぞかし。その御時に、いとおもしろき事どもおほくはべりきや。おほかた申しつくすべきならず。まづ申すべきことをも、たゞおぼゆることにしたがひて、しどけなくまうさん。

法皇[5]の、ところどころの修行しあそばせたまうて、みやだき[6]御覧ぜし程こそ、いみじう侍りしか。そのをり、菅原[7]のおとゞのあそばしたりし和歌、

　みづひき[8]のしらいとはへておるはたはたびのころもにたちやかさねむ

おほ井[9]の行幸も侍りしぞかし。さてまた「みゆきありぬべきところ」と申させ給ふことのよし奏せむとて、一条[10]のおほいまうちぎみぞかし、

(1)延長四年十月十九日。
(2)時平のむすめ褒子。
(3)雅明親王。
(4)皇子の御身を奪い申し上げた。親王が延長七年十歳で死んだこと。
(5)宇多法皇。
(6)奈良県吉野郡。吉野川上流にある景勝の地。御幸は昌泰元年十月二十一日。
(7)道真。
(8)麻などを水にひたして皮をはいで糸に作ること、又はその糸をいうらしい。
(9)延喜七年九月十日。「行幸」は「御幸」とあるべきもの。
(10)忠平。

大[1]原山もみぢのいろもこゝろあらばい[2]まひとたびのみゆきまたなん

あはれ優にも候ひしかな。さて行幸[3]に、あまたの題ありてやまとうたつかうまつりしなかに、「猿叫[4]ㇾ峡」、躬恆、

　わ[5]びしらにましらなゝきそあしひきの山のかひあるけふにやはあらぬ

その日の序[6]代(じょだい)はやがて貫之のぬしこそはつかうまつりたまひしか。

さて又、朱雀院も優におはしますとこそはいはれさせ給ひしかども、将[7]門が乱などいできて、おそれすごさせおはしましゝほどに、や[8]がてかはらせ給ひにしぞかし。そのほどのことこそ、いとあやしう侍りけれ。母[9]きさきの御もとに行幸せさせ給へりしを、「かゝる御ありさまの思ふやうにめでたくうれしきこと」など奏せさせ給ひて、「いまは東宮[10]ぞかくてみきこえまほしき」と申させ給ひけるを、「こゝろもとなくいそぎおぼしめしけることにこそありけれ」とて、ほどもなくゆづりきこえさせ給ひけるに、きさいのみやは、「さもおもひても申さざりしことを。たゞゆくすゑのことをこそおもひしか」とて、いみじうなげかせ給ひけ

(1)拾遺集、雑秋には初二句を「小倉山峰のもみぢ葉」として載っている。
(2)もう一回の「みゆき」である天皇の行幸を。
(3)延喜七年九月十一日。
(4)底本には「サルカフニサケフ」と仮名がほどこされているが、「ましらかひにさけぶ」とよむのが穏当か。
(5)「わびしら」は「きよし」に対する「きよら」と同じで「わびし」の語幹に接尾語「ら」の添ったもの。
(6)序題と同じという。和歌の序。
(7)天慶二年から三年にかけての乱。
(8)そのまま御譲位あそばしてしまった。
(9)穏子。
(10)成明親王（のちの村上天皇）。穏子腹。朱雀帝の三歳年少。

り。さて、おりさせ給ひてのち、人々のなげきけるを御らむじて、院よりきさいのみやにきこえさせ給へりし、くにゆづりの日、

ひのひかりいでそふけふのしぐるゝはいづれのかたの[1]やまべなるらん

きさいのみやの御かへし、

しらくものおりゐるかたやしぐるらんおなじみやまのゆかりながらに

[2]などぞきこえ侍りし。院は[3]数月[4]綾綺殿（れうきでん）にこそおはしましゝか。のちはすこし悔（く）いおぼしめすことありて、位にかへりつかせ給（べき）御いのりなどせさせ給ひけりとあるは、まことにや。御心いと[5]なまめかしうもおはしましゝ。御こゝちおもくならせ給ひて、[6]太皇太后宮のをさなくおはしますをみたてまつらせ給ひて、いみじうしほたれおはしましけり。

[7]くれたけのわがよはことになりぬともねはたえせずぞなほ[8]なかるべき

まことにこそかなしくあはれにうけ給はりしか。

(1)上皇御所を　姑射（はこや）の山というから、御自分の方をいわれたのであろう。
(2)などおよみになったと風聞いたしました。（「きこえ給ひし」とちがうことに注意せよ。）
(3)ツキゴロとよませている。
(4)仁寿殿の東にある殿舎。
(5)優雅で。
(6)朱雀院皇女昌子内親王。
(7)拾遺集、哀傷に載っているが、第五句は「なかるべきかな」となっている。
(8)「泣かる」と「流る」（血筋は絶えず流れる）をかける。

村上のみかど、[1]はたまうすべきならず。「なつかしうなまめきたるかたは、延喜にはまさり申させ給へり」とこそ人申すめりしか。「われをば人はいかゞいふ」など人にとはせ給ひけるに、「『ゆるになむおはします』と、よには申す」とそうしければ、「さてはほむるなんなり。王のきびしうなりなば、よの人いかゞたへん」とこそおほせられけれ。いとをかしうあはれに侍りしことは、この天暦の御時に、清涼殿の御前のむめの木のかれたりしかば、もとめさせ給ひしに、なにがしぬしの蔵人にて[2]いますかりし時うけたまはりて、「わかき物どもは、えみしらじ。[3]きむぢもとめよ」とのたまひしかば、ひと京まかりありきしかども、侍らざりしに、[4]西京（にしのきやう）のそこ〳〵なるいへに、いろこくさきたる木のやうたいうつくしきが侍りしを、ほりとりしかば、いへあるじの、「木にこれゆひつけてもてまゐれ」と[5]いはせ給ひしかば、「あるやうこそは」とて、もてまゐりてさぶらひしを、「なにぞ」とて[6]御覧へければ、女の手にてかきて侍りける、

ちよくなればいともかしこしうぐひすのやどはとゝはゞいかゞこた

(1) 「はた」は、とはいえ・やはり、などの意。
(2) 「いますかり」は「あり」の尊敬語。
(3) 汝。二人称代名詞。ここは重木。
(4) 朱雀大路の西側の区域。
(5) その家の召使いをもって言わせなさったので。
(6) 「御覧入りければ」(ゴランジイレケレバ) などの誤写か。

へん

とありけるに、あやしくおぼしめして、「なにものゝいへぞ」とたづねさせ給ひければ、貫之のぬしのみむすめ[1]のすむ所なりけり。「遺恨[2]のわざをもしたりけるかな」とて、あまえ[3]おはしましける。重木今生（こんじやう）のぞく[4]がうはこれや侍りけん。さる[5]は、「思ふやうなる木もてまゐりたり」とてき[6]ぬかづけられたりしも、からくなりにき』とて、こまやかにわらふ。

重木又、『いとせちにや[7]さしく思ひ給へしことは、このおなじ御時の事なり。承香殿の女御と申しゝは、斎[8]宮の女御よ。みかどひさしくわたらせ給はざりける秋のゆふぐれに、ことをいとめでたくひき給ひければ、いそぎわたらせ給ひて、御かたはらにおはしましけれど、ひとやあるともおぼしたらで、せめてひき給ふを、きこしめせば、

秋の日のあやしきほどのゆふぐれにをぎ吹く風のおとぞきこゆる

とひきたりしほどこそせちなりしか、と御[9]集に侍るこそいみじう候へ』といふは、あまりかたじけなしやな。（中略）

『又[10]、つ[11]いでなきことには侍れど、怪[12]と人の申すことゞものさせるこ

(1) 紀内侍。
(2) 遺憾なこと。
(3) 恥ずかしがって。
(4) 辱詬。はじ。
(5) とはいえ。
(6) 恩賞として衣類をいただいた。「かづく」(下二段他動詞)は、元来、あたまにかぶらせること。
(7) 「やさし」は「やす」の形容詞で、身がほそるほどの感じだの意が原義で、つらい・はずかしい・つつましい・優美だ、などの意をもつようになる。ここでは「優美だ」の意。
(8) 醍醐天皇皇子重明親王の王女。八歳で斎宮に卜定。十七歳で退下、翌々年村上天皇女御となる。
(9) 天暦御集。今は伝わらない。
(10) 世次のことば。
(11) 話はちがいますけれど。
(12) 底本に「クエ」と仮名がふってある。

となくてやみにしは、前(さきの)一条院の御即位日(そくゐのひ)、大極殿の御装束(1)すとて人々あつまりたるに、(2)高御座(たかみくら)の内に、髪つきたるものゝ頭(かしら)の、血うちつきたるを見付けたりける、あさましく、いかゞすべきと(3)行事思ひあつかひて、「かばかりのことをかくすべきか」とて、大入道殿に、「かゝることなん候ふ」と、なにがしのぬしして申させけるを、いとねぶたげなる御けしきにもてなさせたまひて、ものもおほせられねば、「もしきこしめさぬにや」とて、また(4)御気色(みけしき)たまはれど、うちねぶらせ給ひて、なほ御いらへなし。いとあやしく、「さまで御とのごもりいりたりとはみえさせ給はぬに、いかなればかくてはおはしますぞ」(とおもひて)、とばかり御前にさぶらふにぞ、うち(5)おどろかせ給ふさまにて、「御装束ははてぬるにや」とおほせらるゝに、「きかせ給はぬやうにてあらんと、おぼしめしけるにこそ」とこゝろえて、たちたうびける。「げに、かばかりのいはひの御こと、又今日になりてとまらむも、(6)いま〳〵しきに、やをらひきかくしてあるべかりけることを、(7)こゝろぎもなく申すかなと、いかにおぼしめしつらむ」と、のちにぞ(8)かのとのもいみじう悔い給ひける。さるこ

(1) かざりつけ。
(2) 御即位式の時、天皇のつかれる御座。
(3) 奉行役。
(4) 御意向をいただく。お指図をうかがう。
(5) 目がさめる。
(6) 不吉な事だから。
(7) 深い思慮も払わず。
(8) 行事を指す。

となりかしな。[1]されば、[2]なでふことかはおはします、よきことにこそありけれ。又、太宮のいまだをさなくおはしましける時、[3]北政所ぐしたてまつらせたまて、[4]かすがにまゐらせたまひ[5]つりけるに、[6]おまへのものどものまゐらせすゐたりけるを、俄（にはか）に[7]つじかぜのふき[8]まつひて、[9]東大寺の大仏殿の御前におとしたりけるを、かすがの御まへなる物の、源氏の氏寺にとられたるは、よからぬことにや。これをも、そのをり、世人（よのひと）申しかど、ながく御すゐつがせ給ふは、吉相（きつさう）にこそはありけれとぞおぼえ侍るな。ゆめもうつゝも、「これはよきこと」と人申せど、させることなくてやむやう侍り。又、かやうに怪だちてみたまへきこゆることも、かくよき事も候ふな。

実（まこと）はよのなかにいくそばくあはれにもめでたくも興ありてうけ給はりみたまへあつめたることのかずしらずつもりて侍る翁共とか、人々おぼしめす。やむごとなくも、又くだりても、[10]まぢかき御簾（みす）・すだれの内ばかりや、おぼつかなさのこりて侍らん。それなりとも、各（おのおの）宮・殿原（とのばら）・次々の人の御あたりに人のうちきくばかりのことは、女房・わらはべ申し

(1)「されば」は「よきこと……」にかかるのであろう。
(2)挿入句。
(3)倫子。
(4)春日神社。
(5)「つり」は「たり」の誤か。「多」の草体の仮名「た」は「り」に似る。
(6)神前の供物。
(7)辻風。つむじかぜ。
(8)「まつふ」は「まとふ」に同じ。
(9)源氏の氏寺。
(10)「最近の、奥向きの婦人方の生活といったような範囲ははっきりしない点がのこっておりましょう」の意であろう。「侍らん」は底本「侍覧」とあるのを改めた。

つたへぬやうやは侍る。されば、それも、[1]不意につたへうけたまはらずしもさぶらはず。されど、それをば、なにとかはかたり申さんずる。たゞよ[2]にとりて人の御みゝとゞめさせ給ひぬべかりしむかしの事ばかりをかくかたり申すだに、いとを[3]こがましげに御覧じおこする人もおはすめり。けふは、たゞ殿[4]のめづらしう興ありげにおぼしてあど[5]をよくうたせたまふにはやされたてまつりて、かばかりもくち[6]あけそめてはべれば、なか〳〵のこりおほく、又々申すべきことはご[7]もなく侍るを、もしまことにきこしめしはてまほしくは、駄[8]一疋をたまはせよ。はひのりてまゐり侍[9]らん。且又(かつまた)御宿(やどり)にまゐりて、殿の御才学のほどもうけたまはらまほしう思ひたまふるやうは、いまだとしごろ、かばかりもさ[10]しらへしたまふ人にたいめたまはらぬに、時々くはへさせ給ふ御詞[11]の、[12]みたてまつるは翁等(ら)がやしはごのほどにこそはとおぼえさせ給ふに、このしろしめしげなることどもは、思ふにふるき御日記(にき)などを御覧ずるならんかしと、こ[13]ゝろにくゝ。下臈はさばかりのざえはいかでか侍らん。たゞ見きゝたまへし事を心に思ひおきて、かくさかしがり申すにこそあれ。ま[14]こと人にあ

(1)そうした奥向きのこと。
(2)世間について。
(3)阿呆らしいといったそぶりで、こちらに目をお向けになる。
(4)世次の話を聞いている侍。
(5)あいづちをお打ちになるのにひき立てられ申し上げて。
(6)話の口。
(7)際限もなく。「ご」は期。
(8)駄は馬に荷をのせること、又はその馬。荷馬。
(9)底本「侍覧」とあるのを改めた。
(10)「さしいらへ」の「い」を約したものか、あるいは脱か。
(11)「御詞の」は「しろしめしげなる」につゞくとみてよさそうであるが、「この」が疑わしい。あるいは「こゝろにくく」につゞくとみるべきか。
(12)お見申し上げるお方（あなた）は私なんかの玄孫ぐらいの年輩であろうと感じられなさいますのに。「させ給ふ」は侍に対する尊敬。
(13)おくゆかしく。
(14)「正式の学問のある人」の意という。

ひたてまつりては、おぼしとがめ給ふ事も侍らんと、[1]はづかしうおはしませば、[2]おいの学問にもうけ給はりあかさま[3]ほしうこそ侍れ』といへば、重木もたゞ、『かうなりかうなり。さらんをりは、かならずつげ給ふべきなり。杖にかゝりても、かならずまゐりあひ申し侍らん』と、うなづきあはす。『たゞし、さまでのわきまへおはせぬわかき人々は、「そらものがたりする翁かな」とおぼすもあらん。我こゝろにおぼえて、一言にても、むなしきことくはゝりて侍らば、此御寺の[4]三宝、今日(けふ)の座の[5]戒和尚(かいわじやう)に請ぜられ給ふ仏・菩薩を証としたてまつらむ。なかにも、わかうより、[6]十戒のなかに、[7]妄語をばたもちて侍る身なればこそ、かくいのちをばたもたれて侯へ。けふ、この御寺の、むねとそれをばさづけ給ふ講の庭にしもまゐりて、[8]あやまち申すべきならず。おほかたよのはじまりは、人の[9]寿は八万歳なり。それがやう／＼減じもていきて、百歳になる時、ほとけはいでおはしますなり。されど、生死(しやうじ)のさだめなきよしを人にしめし給ふとて、なほいま二十年をつゞめて、八十と申ししとし、入滅(にふめつ)せさせ給ひにき。そのとしよりことしまで、[10]一千九百七十三年にぞ

(1) こちらで気おくれするほどで（あなた）がいらっしゃるので。
(2) 老後の学問。
(3) 「ほしう」は底本「ほうし」とあるのを改めた。
(4) 仏法僧。
(5) 授戒の僧。
(6) 十種類の戒律。殺生・偸盗・邪淫・妄語・飲酒の五戒と、説過罪以下の五悪を加えた称。
(7) 妄語戒。嘘を言わぬこと。
(8) 仏に対して戒を犯し申し上げるはずがありません。
(9) 「いのち」とよまれている。
(10) 釈迦入滅から神武天皇元年まで二九〇年に万寿二年までの皇紀一六八四年を加えると一九七四年になる。

なり侍りぬる。釈迦如来滅（さかにょらいめつ）したまふを期（ご）にて、[1]八十には侍れど、仏、人のいのちを不定（ふぢゃう）なりとみせさせ給ふは、さるべければにや、このごろも、九十・百の人おのづからきこえ侍るめれど、此翁共の寿は希（まれ）なる事、[2]「甚深甚深希有希有なり」とはこれを申すべき也。いとむかしは、かばかりの人侍らず。神武天皇をはじめたてまつりて廿余代までの間に、十代ばかりがほどは、百歳・百余歳までたもち給へるみかどもおはしましたれど、末代には、[3]けやけき寿もちて侍る翁なりかし。かゝれば、前生（ぜんしゃう）にも戒をうけたもちて候ひけると思ひたまふれば、この生にもやぶらで[4]まかりかへらむと思ひ給ふるなり。今日この御堂に[5]影向（えうがう）し給ふらん神明・[6]冥道（みゃうだう）達もきこしめせ』とうちいひて、したりがほに、あふぎうちつかひつゝ、みかはしたるけしきことわりに、なに事よりも、おほやけ・わたくし、うらやましくこそ侍りしか。

[7]『さてもさても、重木がとしかぞへさせ給へ。[8]たゞなるをりは、としをしり侍らぬがくちをしきに』といへば、侍、『いで〳〵』とて、『十三にて、[9]おほきおほとのにまゐりき』との給へば、十ばかりにて、陽成

(1)人間の命は。
(2)「甚深」（深い意味がある）、「希有」は仏典に多く用いられることば。
(3)あやしく異様な。普通とはちがっている。
(4)あの世へ。
(5)神仏の御影の来向すること。
(6)「幽冥の諸道に在住している諸天・鬼神」をさすといわれる。
(7)重木のことば。
(8)「普通の時は、自分の年を知りませんのが、残念ですから、こんな時にでも教えて下さい」の意か。
(9)太政大臣忠平。

院のおりさせたまふとし[1]は、いますかりけるにこそ。それにて推し思ふに、あの世次のぬし[2]は今十余年が弟にこそあむめれば、百七十にはすこしあまり、八十にもおよばれにたるべし』など、手を折りかぞへて、『いとかばかりの御としどもをば、相人などに相せられやせし[3]』ととへば、『さる人にもみえ侍らざりき[4]。たゞ狛人（こまうど）[5]のもとに、二人つれて[6]、まかりたりしかば、「二人長命」と申しゝかど、いとか許（ばかり）まで候ふべしとはおもひかけ候ふべきことか。こと事とはんと思ひ給へしほどに、昭宣[7]公の君達三人[8]おはしまして、え申さずなりにき。それぞかし、時平のおとゞをば、「御皃（かたち）すぐれ、こゝろだましひ[9]すぐれかしこうて、日本（ひのもと）にはあまらせ給へり。日本のかためともちゐんにあまらせたまへり」と相し申しゝは。枇杷殿[10]をば、「あまり御心うるはしく[11]すなほにて、へつらひかざりたる小国にはおはぬ[12]御相なり」と申す。貞信公[13]をば、「あはれ、日本国のかためや。ながく世をつぎ門（かど）ひらく事、たゞこの殿」と申したれば、「我を、あるが中に、ざえなく心諂曲（てんごく）[14]なりと、かくいふ、はづかしきこと」とおほせられけるは。されど、其儀にたがはせ給はず、門を

(1) 元慶八年。
(2) 「は」は「には」の誤であろうか。序に世次の方が重木より年長であることがのべられている。
(3) 「られ」は受身。観相されたか。（観相させたか、の意と同じに用いている。）
(4) 見られなかった。（見せなかった、の意に用いている。）
(5) 高麗人。朝鮮の人。
(6) つれだって。
(7) 基経。
(8) 時平・仲平・忠平。
(9) 知恵才略。漢才（学才）に対していう。
(10) 仲平。
(11) 端正で。
(12) 負はぬ。相応しない。
(13) 忠平。
(14) へつらいまげること。仏典にみえることば。

ひらき、栄花をひらかせ給へば、「なほいみじかりけり」と思ひ侍りて、又(1)まかりたりしに、(2)小野宮殿おはしましゝかば、え申さずなりにき。ことさらにあやしきすがたをつくりて、下臈のなかにとほく(3)ゐさせ給へりしを、おほかりし人のなかよりのびあがりみたてまつりて、およびをさしてものを申ししかば、「なに事ならん」とおもひ(4)たまへりしを、のちにうけ給はりしかば、「貴臣よ」と申しけるなりけり。(5)さるは、いとわかくおはしますほどなりかし。いみじきあざれ事どもに侍れど、まことにこれは徳いたりたる翁共にて候ふ。などか人のゆるさせたまはざらん。又、つたなき下臈のさる事もありけるはと、きこしめせ』(中略)

侍、こまやかにうちゑみて、『いにしへのいみじき事どものもの侍りけんは、しらず、(6)なにがしものおぼえてのちふしぎなりし事は、三条院の大嘗会の御禊（ごけい）の(7)出車（いだしぐるま）、太宮・皇太后宮よりたてまつらせ(8)給へりしぞありしや。(9)太宮の一のくるまの(10)くちのまゆに(11)香嚢かけられて、(12)そらだきものたかれたりしかば、二条の大路の(13)つぶとけぶりみちたりしさまこそ(14)めでたく。いまにさばかりのみものまたなし』などいへば、世次、『しか

(1)相人のところへ。
(2)実頼。
(3)すわっておいであそばしていたのを。
(4)「たまへし」の誤りであろう。
(5)そのくせ実は。とはいえ。
(6)「なにがしの……事は」以下の文の提示語とみるべきか。
(7)行幸・儀式・賀茂祭などの時、女官・女房の乗用のため官から貸し出す牛車（ギッシャ）の意という。
(8)「給へりし」の次に「こと」がはぶかれている。
(9)大宮（彰子）の（御禊のために）奉った第一の牛車。
(10)口の眉。車の前後の出入り口の上部で、左右両袖に続いた廂の格子に作ったところかという。
(11)合せ香を入れて作った袋。ここは中に火取を仕かけて香をたいたのであろう。
(12)四辺をくゆらすためにたく香。
(13)「粒（円形）と」で、「完全に」の意かという。
(14)仮りに、下に「おぼえしか」などが省かれたものとみるが、下文につゞくとすれば、「こそ」の結びは「めでたく」という中止形で消えたとみるべきか。

く。いかばかり御こゝろにいれて[1]いどみせさせ給へりし[2]かは。それに、女房の御こゝろのおほけなさは、[3]さばかりのことを、すだれおろしてわたりたうびにしはとよ。あさましかりしことぞかしな。[4]ものけたまはるくちにのるべしとおもはれけるが、[5]しりにおしくだされ給へりけるとこそはうけ給はりしか。げに女房のからきことにせらるれども、しうのおぼしめさんところもしらず、をとこはえしかあるまじくこそ侍れ。おほかた[6]その宮には、[7]心おぞましき人のおはするにや。[8]一品宮の御もぎに、入道殿より、玉をつらぬきいはをたて、みづをやり、えもいはず調ぜさせ給へるも・からぎぬをよつたてまつらせ給ひて、「なかにもとりわきおぼしめさん人に給はせよ」と申させ給へりけるを、さりともと思ひたまへりける女房の[9]たまはらで、やがてそれなげきのやまひつきて、七日といふにうせ給ひにけるを、などいとさままでおぼえたまひけん。つみふかく、ましていかにものねたみのこゝろふかくいましけん』などいふに、あさましく、『いかでかくよろづのこと、[10]御簾のうちまで[11]聞くらん』とおそろしく。かやうなる[12]女・おきななんどの[13]ふるごとするは、いとうる

(1)「いどみ、せさせ」と解くべきであろう。はりあって、事をなさる。
(2)「かは」は反語ではない。疑問から転じて感動をあらわす。
(3)それほど宮がお心づくしなさって下さったことだのに、その車のすだれをすっかりおろして。
(4)（そんなことをしたというわけは）物を承る車の口に自分は当然のるはずだとお思いだった女房が。
(5)奥の方へ座席を下げられなさっていた、そのつらあてからだと。
(6)妍子皇太后宮。
(7)気がつよい。
(8)妍子腹の三条帝皇女禎子。治安三年四月一日裳着。
(9)いただかないで。
(10)奥向の秘話。
(11)底本には「聞覧」とあるのを改めた。
(12)「おうな」（老女）の誤写か。
(13)昔話。

さくきかまうきやうにこそおぼゆるに、こそはたゞむかしにたちかへりあひたる心ちして、又々もいへかし、さしいらへごと・とはまほしきことおほく、こゝろもとなきに、『講師おはしにたり』と、たちさわぎのゝしりしほどに、[1]かきさましてしかば、いとくちをしく、『事はてなむに、人つけて、いへはいづこぞとみせん』とおもひしも[2]、講のなからばかりがほどに、そのことゝなく、とよみとて、かいのゝしりいできて、ゐこめたりつる人もみなくづれいづるほどにまぎれて、いづれともなく(み)まぎらはしてしくちをしさこそ。なに事よりも[3]かのゆめのきかまほしさに、ゐどころもたづねさせんとし侍りしかども、ひとりびとりをだにえみつけずなりにしよ[4]。

(1) 興をさましてしまったので。
(2) この「も」は逆接助詞とみるよりほかはないようであるが、平安期における「も」の逆接助詞用例の発生については、なお十分吟味の必要がある。ここも、強いて解けば「おもひし（翁たちを）も」とみて「まぎらはし」につゞくとすることもできよう。
(3) 一四六ページ四行の「いとかしこき夢想みたまへし也」をさす。
(4) 以下底本には、他の部分の注がまぎれしるされているが省いた。ここで大鏡は終っているのである。

松尾　聰（まつお　さとし）

明治40年（1907）東京青山に生まれる。昭和６年東京帝国大学文学部国文学科卒業。同９年同大学院修了。法政大学専任講師、学習院大学教授を経て、昭和53年学習院大学名誉教授。文学博士。平成９年没。平安時代の物語専攻。「平安時代物語の研究」「平安時代物語論考」「全釈源氏物語」１～６（桐壺～朝顔）「校注落窪物語」「校注浜松中納言物語」などのほかに、学生向きの参考書として「万葉の秀歌」「竹取物語全釈」「徒然草全釈」「古文解釈のための国文法入門」などの著書がある。

校注（こうちゅう）大鏡抄（おおかがみしょう）

昭和43年４月20日　初版発行
平成25年８月30日　９版発行

著者　松尾　聰

発行者　池田つや子
発行所　有限会社笠間書院
東京都千代田区猿楽町2-2-3［〒101-0064］
電話　03-3295-1331　fax　03-3294-0996

NDC 分類：913.393

ISBN978-4-305-00091-0　　印刷・製本：モリモト印刷・笠間製本所
落丁・乱丁本はお取りかえいたします。
出版目録は上記住所までご請求下さい。
http://kasamashoin.jp

藤原氏系図

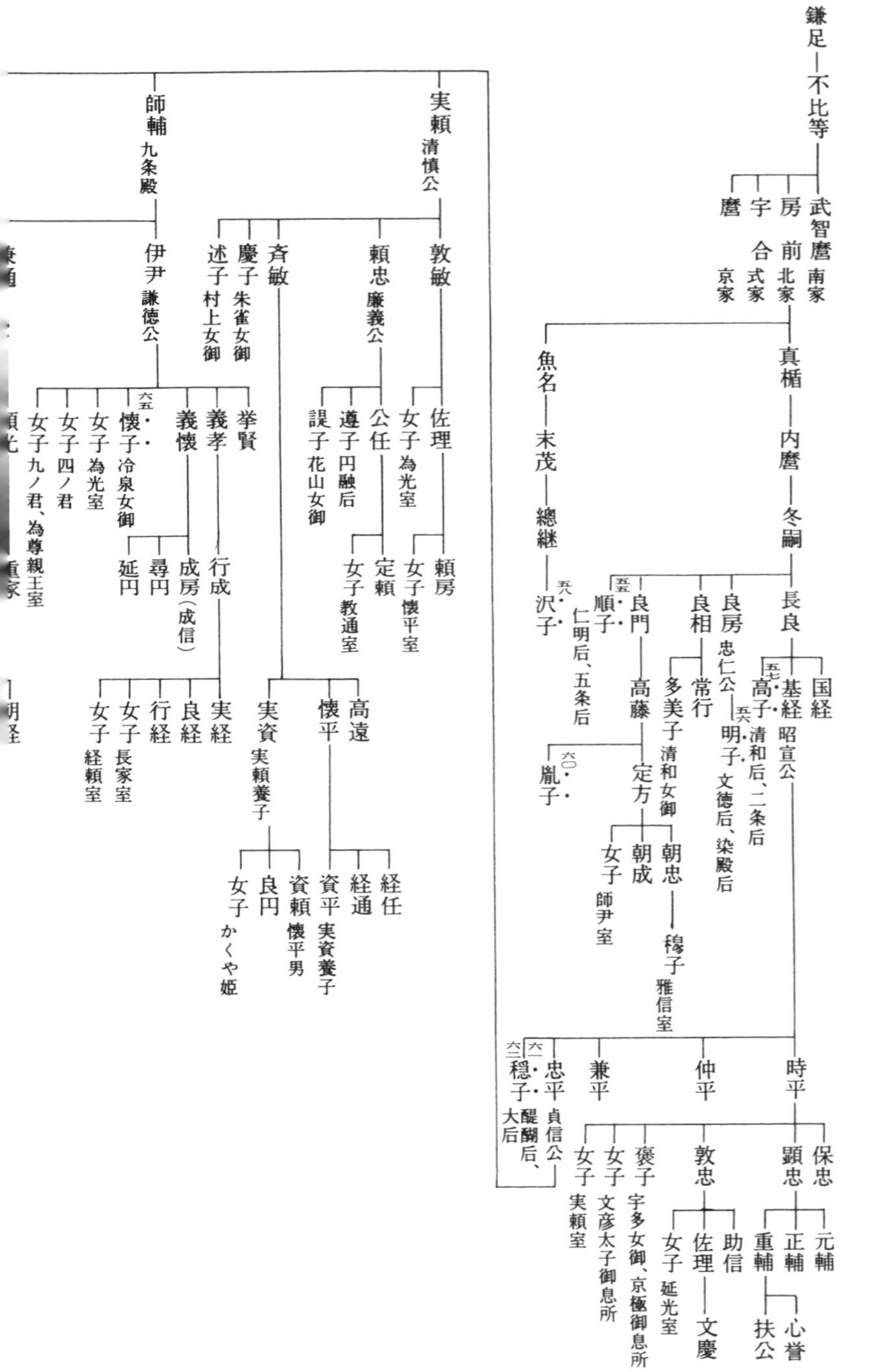

鎌足
不比等
武智麿 南家
房前 北家
宇合 式家
麿 京家
真楯
内麿
冬嗣
長良
国経
基経 昭宣公
五七 高子 清和后、二条后
良房 忠仁公
五六 明子 文徳后、染殿后
良相
常行
多美子 清和女御
良門
高藤
定方
朝忠
穆子 雅信室
朝成
女子 師尹室
五五 順子 仁明后、五条后
魚名
末茂
總継
五八 沢子
六〇 胤子
時平
保忠
顕忠
元輔
正輔
重輔
心誉
扶公
敦忠
助信
佐理
文慶
女子 延光室
褒子 宇多女御、京極御息所
女子 文彦太子御息所
女子 実頼室
仲平
兼平
忠平 貞信公
六一 六三 穏子 醍醐后、大后
実頼 清慎公
敦敏
佐理
頼房
女子 為光室
女子 懐平室
頼忠 廉義公
公任
定頼
女子 教通室
遵子 円融后
諟子 花山女御
斉敏
高遠
懐平
経任
経通
資平 実資養子
実資 実頼養子
資頼 懐平男
良円
女子 かぐや姫
慶子 朱雀女御
述子 村上女御
師輔 九条殿
伊尹 謙徳公
挙賢
義孝
行成
実経
良経
行経
女子 長家室
女子 経頼室
義懐
成房（成信）
尋円
延円
六五 懐子 冷泉女御
女子 為光室
女子 四ノ君
女子 九ノ君、為尊親王室

- 師保
- 師氏
- 師尹 小一条殿
  - 貞時 — 實方
  - 済時
    - 相任
    - 通任
    - 為任
    - 娍子 三条后
    - 女子 敦道親王室
  - 芳子 村上女御
- 貴子 文彦太子御息所

- 兼家 東三条殿
  - 道隆
    - 伊周 — 道雅
    - 隆円
    - 隆家
      - 良頼
      - 経輔
    - 頼親
    - 周頼
    - 周家
    - 好親
    - 定子 一条后
    - 女子 三条女御
    - 女子 三ノ君、敦道親王室
  - 道綱 — 兼経
  - 道兼 粟田殿
    - 福足君
    - 兼隆 — 女子 敦平親王室
    - 兼綱
    - 尊子 一条女御
  - 道義
  - 道長
    - 頼通
    - 教通
    - 頼宗
    - 能信
    - 顕信
    - 長家 （六八）
    - 彰子 （六九） 一条后、上東門院
    - 妍子 三条后
    - 威子 後一条后
    - 嬉子 （七〇） 後朱雀尚侍
    - 寛子 小一条妃
  - 超子 （六七） 冷泉女御
  - 詮子 （六六） 円融后、東三条院
  - 綏子 三条尚侍
  - 女子 中宮宣旨
- 遠量 — 女子 道兼室
- 忠君
- 遠度
  - 尋空
  - 朝源
- 高光 — 女子
- 為光 恒徳公
  - 誠信
  - 斉信
  - 道信 道兼養子
  - 公信 斉信養子
  - 忯子 花山女御
  - 女子 義懐室
  - 女子 三ノ君
  - 女子 四ノ君
  - 女子 五ノ君、妍子女房
- 公季 仁義公
  - 実成
    - 公成
    - 女子 能信室
    - 女子 顕基室
  - 義子 一条女御
- 尋禅 （慈忍）
- 深覚 （六三）
- 安子 （六四） 村上后、中后
- 登子 重明親王室、村上尚侍
- 女子 三ノ君、高明室
- 繁子 藤三位
- 女子 五ノ君、愛宮
- 怤子 冷泉女御

- 媓子 円融后
- 女子

9784305000910
1923093008007
ISBN978-4-305-00091-0
C3093 ¥800E
定価:本体800円(税別)
笠間書院

皇室系図

（黒点を付けたのは帝の母。その肩の漢数字たとえば五九は第五十九代宇多天皇の母であることを示す。）

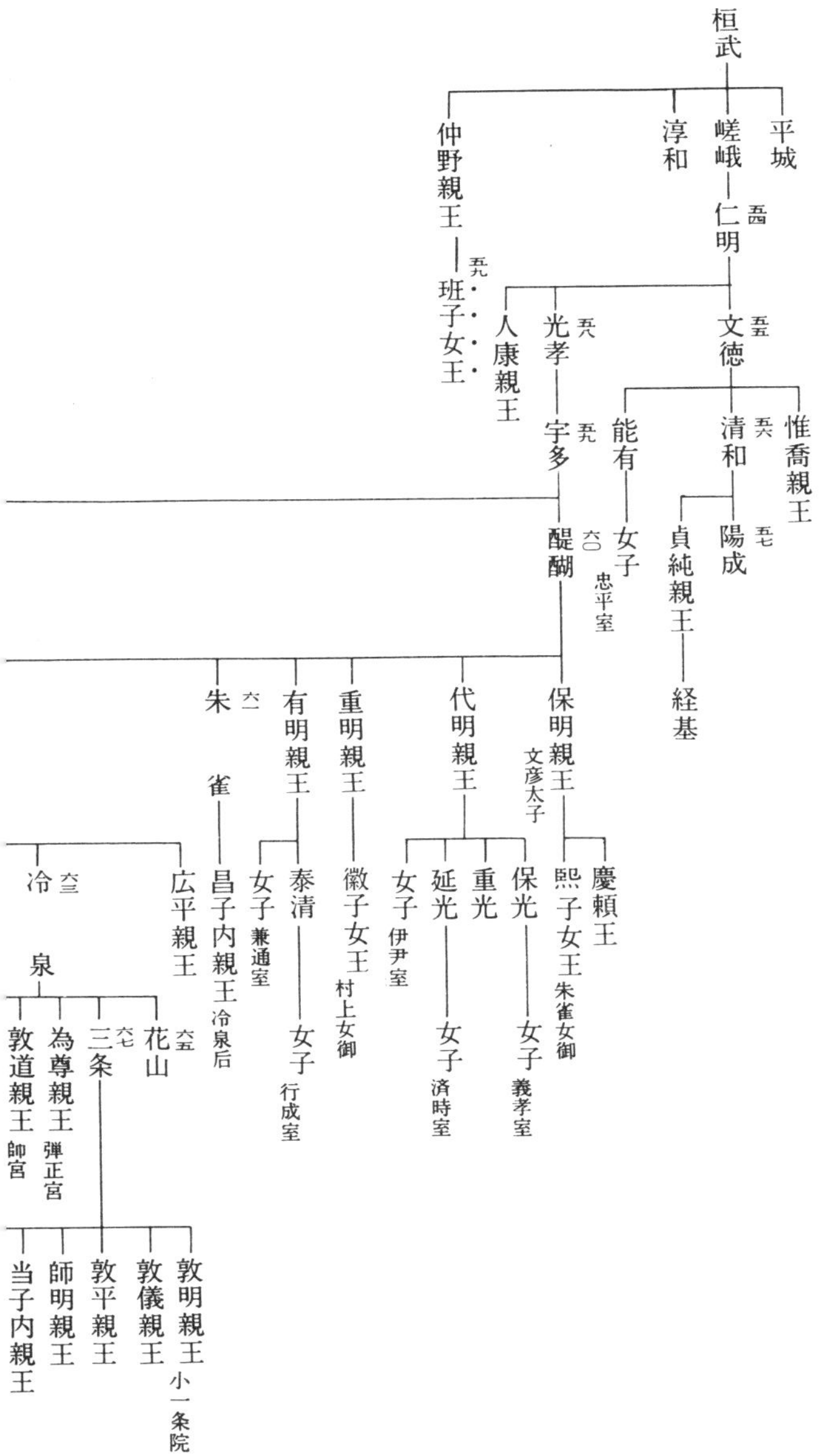